JN044687

宇宙の設計図
自分のトリセツ

渡辺　龍祭

目次

序

私はホリスティック医療を目指している臨床医だ。ホリスティックつまり全人格的とはどういうことだろう。体だけでなく心も診る。心身を診る。患者さんの家庭、職場等社会的背景まで診る。歯が浮きそうな話だが、その患者さんの本質とはいったいどこにあるのだろう？　脳内？　遺伝子？　そんな展開だけではどうも無機的に尽きる。その方をハードだけではなくソフトウェアとしても捉えられないだろうか？　心だけでなく霊も診る。「心的」が無理なら「霊的」でもいいじゃないか。スピリチュアルな存在、ソウルメイト・ソウルブラザー……カタカナを使えばオカルトを忌避して多少婉曲（えんきょく）的になるけど、私は敢えて「魂」という言葉を使いたいと思う。それはあなたの個性、私の個性、そしてわれわれの共感共鳴だから。

患者さんはいったい何を求めて私の診察室にやってきたのだろう？　仏教が唱える四苦とは「生老病死」。生みの苦しみ。目出度く生まれたとたんに老いの設計図が紐解かれる。老いさえも病んで事件事故に苛まれうまくいかない。そして生命は致死率一〇〇％。それは個々の難病どころではない。恐怖の死の口が待っているのである。医療は生老病死のすべてと関わってしまっている生業なのだ。病苦とは「生命体と環境の摩耗」現実に生きることそのもの。「無常無我」その人の時空や個性さえも超越した人生。決して止むことを知らない人間関係の通過点だと御仏や哲人は古来より説く。そしてその方を私の診察室にお迎えする医師の私もまた然りなのだ。

医師は理系、生命科学の技術屋である。理系技術屋は、『変態オタク』の頂点の一角を求められているのであってそれに応える文化的センスを持ち合わせているはずである。

医師としてではなく人間として患者さんに向かい合う。ジャンルは違うものの、それを書籍で確認させていただけたジャーナリストが数多いる。敢えて異色を挙げよう。たとえば、『木村雅彦はなぜ力道山を殺さなかったのか』の著者増田氏である。いかにも殺伐としたタイトルではないか？　小生の医療やら仏教やら、偽善清廉潔白を標榜しそうなそれとの対極をなす著作との物理的対流は、私の狡猾な企てでもある。

「小医は病を治す。中医は人を治す。大医は国を治す」

と古代チャイナ人は言った。私は未だ小医だが大医への志を捨てず、大それた未来の国家治療の悪足掻きをここに著した。他人様の子供たちへの、粗末な遺書であり遺産である。

2001年宇宙の旅・曼荼羅への誘い

アーサー・C・クラーク原作、スタンリー・キューブリック一九六八年制作・監督の『2001年宇宙の旅』。私は中学生のころ、この劇場映画を観て深遠な衝撃を受けた。地球人類が、霊的宇宙からの教示を受けながら進化する。そして彼らは自ら創造した、感情まで持ち始めたハイテクと葛藤する。そしてラストシーンでは狂乱の末の輪廻転生を想起させる神秘的なストーリー。それは古代インダス、エジプトから極東日本に至る曼陀羅の旅ではないか。

現実の二〇〇一年は瞬く間に過ぎ去ったものの、残念ながら木星に有人飛行できるほどの技術には未だ程遠く、地球周回の宇宙旅行さえポピュラーとは言えない。未知の知的生命体あるいは霊的な存在との遭遇も実証は怪しいものだ。ただ我々の意識は現在、映画の予言通りの転換期に立たされているように思える。長年夢描いたこの二十一世紀を、果たして我々は如何に生きるべきなのだろうか？

「宇宙の活動の中で地球上に偶然生命が誕生し、それが人類にまで進化し、その文明は現在、沸点にまで達し、この惑星をしゃぶりつくす勢いだ。そして近い将来、何らかの形での滅亡が訪れる」

これが現在の唯物論的良識だろう。誕生は極少数の奇跡的偶然、致死率は一〇〇%。これは仏教の「生老病死」と重なる。人心古今東西、刹那的になって然り。二十世紀末にかつての「末法思想」が再び大いに流布されたのもうなずける。

しかし「現実はそうではない」と知的な声が虚空にこだまするように思う。密教の真理洞察は鋭く、物理学ないし量子力学的でさえある。その宇宙観である『六大』は、識と『五大（空風火水地）』により成る。まず、宇宙意識或いは我々の感性と思考（意識）が、素粒子に構成された場、次元（空）を創造する。その素粒子ないし原子が運動（風）を始める。すると熱（火）が生じる。原子は結合し、核融合または水などの分子（水）となる。そして分子が化合・混合して、地球や諸生物、我々の肉体などの物質（地）が誕生する。真理は「大いなる意志によって誕生した生命というスピリチュアル波動エネルギーが、奇跡の星地球という物質世界において、生体として振る舞い、現在進化の途上」のようだ。破滅へ向う病的な真理など、そこに存在する余地はなさそうだ。

密教寺院内陣には、理性（五大）を表す胎蔵界曼荼羅が向かって右に、智性（識）を表す金剛界曼荼羅が向かって左に荘厳(しょうごん)される。古人が、宇宙仏大日如来の左脳に自然科学的思考を、右脳に哲学的、芸術的思考を配分したとこじつければいかがだろう？　いずれにせよ密教は全脳思考を志すと見たい。

環境、政治経済、軍事、教育、宗教、ＳＤＧｓ、どの問題をみても、我々の社会の男性的理性が窮まって、今まさに崩壊しようとしている。母性的或いはジェンダーレス、ボーダレスの理智兼ね備えた包括力、統合力を獲得すべき時代が到来しているように思えるのだ。

私がそうであったように、若者の体制に対するカウンター（不信感、反感）は普遍的であり、それは社会改革の原動力にもなる。『カラマーゾフの兄弟』の中で叫ばれる「親殺し……！」の語感は物騒だが、古今東西世代交代の旗印である。ただ現在ハイテク日本人類の多くは、内面の表現があまりにも不自然なため武人の覇権争いが稚拙にみえてしまう。さらにはユニセックスどころじゃなくて殿と姫の交代。男子の草食化と女子の肉食化、決して映えない下剋上。これは熱さにこだわるド変態文化人には素通りできない、無機的なテーマである。

かの映画の一つのテーマであろう「ハイテクに振り回されない精神」は決して宗教ではなく「哲学する心」だと私は思う。理性に色を添える情念。私はそれを力ずくでも「情操」と呼びたい。古代非アーリア伝承の密命を受けて、情動を愛しながらも制御できる崇高なる地球人類の証明に他ならないと思うからだ。境遇や教養には関係ない。類人猿さえ、星空を眺めながら宇宙に思い巡らすとき、彼は既に立派な詩人いや哲学者だったろう。ましてや哲学を免除されている人間などいないと思う。

そこで私、次代を担う後輩に望みたい！　当然、ハイテクを扱える実践の語学ならびに、自然科学の基礎と技術の修得は必須だ。ただ同時に自分を見失わないでほしい。かの映画に描かれたように、どんなに進化したコンピューターも本来我々の道具に過ぎない。情操を欠いたテクノロジーは、原子力に代表されるように破滅的一人歩きを余儀なくされる。若き科学者には「私はなぜここにいるのか?」「私はどこから来てどこへ行くのか?」それを「あるがままの私、本当の私、最高の私」に問いつづけてほしいと思う。自分しか知らないその答えが、最新コンピューターにも解読不能なマトリックス、宇宙の真理、神仏の意志であるからだ。一人ひとりが、自分の体で感じて自分の脳で考えて自分の言葉で語るようになれば、人類の魂は飛躍的に進化することだろう。そのとき、我々の閉塞感と地球の危機は終わる。

「遺伝子は宇宙の設計図だ」

と言った医学の先輩がいる。まさに密教が目指すのは、母なる大宇宙アウタースペースと、内なる小宇宙インナースペースの超高層微分に他ならない。「ひとつのもの」なのだ。

そして老境に入った私は自らの死に場所である二十一世紀に、科学と哲学という両界曼荼羅宇宙の、ツアーコンダクターでありつづけたいと思うのである。

アダム・スミスの再発見

戦後日本は、戦勝国アメリカによって形骸だけの自由民主主義（市場資本主義）を強制されたものの、戦前のムラ社会を頑なに維持したまま、世界中に慇懃無礼に頭を下げてせっせと蓄財する欧米チャイナの属国「エコノミック・アニマル共和国」になった。

私の学生時代、全共闘反体制運動崩壊後のノンポリシラケムードと退廃個人耽美主義が各キャンパスを覆い尽くしていた。多くの学生が、アメリカ型資本主義の物質的恩恵にドップリと浴し、それを憧憬しながらも、先輩が理想とした社会主義に対する畏敬の念も継承していたのである。私は中学時代、度重なる公害問題に触発され、社会主義関連の書籍を読み漁った。そこには、マルクス、エンゲルスによる社会主義、レーニンによる階級闘争と暴力革命、スターリンの共産党独裁軍事国家樹立などが圧縮され、歴史もイデオロギーも得体のしれぬ怪物となっていた。その絵面は今も若者を相変わらず混乱させているのではないか？　そのような移行期の矛盾に満ちた混沌の中で私は、マルクスにより資本主義の権化に祭り上げられたかに見える、イギリス古典派経済学の創始者、アダム・スミスの著作『道徳感情論』に触れ、意外にも深い感銘を受けた。スミスは産業革命前夜の人。彼の代表的著作である『国富論』は、人間の自然な本性である「利己心」を重視しながら、市民階級の自由主義経済思想を唱えている。『道徳感情論』は一七五九年に公表され、一七七六年の『国富論』に先行する。それを今再び紐解いて密教人の私なりに噛み砕き、東洋哲学との共通点を探りながら再構築を試みよう。民主主義の黎明期に溯りその源流を学ぶことは、近代史の悲喜劇のため、市民社会の成熟に未だ成功していない日本において、取り分け重要な意味を持つと思われるからだ。

　全ての生物の生存の基本目的は自己保存と種の増殖である。人間も例外ではない。利己心に代表される本能は、その目的達成のためのツールだ。「市民社会」は、かかる人間の本性を持つ同権の個人によって構成されるとスミスは定義する。市民社会の人間関係は、家族関係から政治家と選挙民の関係に至るまで、封建的ムラ社会の縦の関係や地縁・血縁をまず断ち切らねばならない。そして、誰もが利己心に基づいて富・地位・名誉を求める自由競争が始まるのだ。ただしその際、各々の利己心に節度を与え、成員を相互侵害から護る社会正義に則ったルールの下で、各自がフェア・プレイして初めて市民社会は存立し、同権の個人が共存可能な経済システムが成立する。神（宇宙）が人間に与えた社会性は長い歴史を経て、共存共栄を求める市民社会を形成するに至るのである。

では市民社会における正義、つまり客観的行為基準がいかに成立するとスミスは考えたのだろうか？　当事者の行為は、「中立的観察者」がそれに「同感」する時、初めて社会的な是認を受ける。この場合の同感とは、理解し容認することであり、それは利己心と並ぶ人間の本性である「同胞感情」から生じる。この感情は人間の社会性を維持するために自然に備わっている本能であるとも言えよう。同感が成立するためには、当事者の自己抑制と観察者の寛容な人類愛、つまり各個人が利己心をやや抑制して、冷静に相手の立場に立つ「思いやり」が必要だ。これは大乗仏教の『共同体サンガの中での自利利他』の思想と共通し、『仏の慈悲』に至る道でもある。同感形成の自己訓練と相互訓練、言わば『修行』が、個人内面の良心と市民社会の自然秩序を練り上げるのだ。このようにスミスの同感論は、利己的個人を市民社会へ統合する原理に他ならなかった。だからこそイギリスは、産業革命を経て、経済、科学、文化、軍事、すべてに秀でた近代的議会制民主主義国家をいち早く樹立できたのである。そしてイギリスは、フリーメイソンを中心にわが国の「明治維新」という革命の後押しもすることになる。

さて特に注目すべきは、十八世紀のイギリス人スミスが、徹底した自然主義的立場を取っていることである。不完全な人間の、理性ではなく自然な感情をあるがままに認めて、これをすべての出発点にし、人間の不完全さの中に完全な神の意志（宇宙の真理）を積極的に観ようとする姿勢が貫かれている。これは東洋哲学、なかんずく仏陀或いは老荘の自然観察態度に酷似してはいないか？　本来カルト宗教とはなりにくい東洋哲学近代化の頼もしい一助となろう。我々はスミスの同感論に、後に、アルフレッド・アドラーには否定されるものの、フェアな自由民主主義の礎を見出すことができるのだ。自然環境の喪失と人間の自然な感情の喪失という、「無駄な蓄積と浪費、格差と侵略のための帝国資本主義」の戦争や環境破壊に代表される、新しい弊害が明確となり、一方で社会主義の幻影が灰燼に帰していく現在、スミスの「自然主義経済思想」は、わが国においてのみならず国際的に再評価されるべきであろう。

尚、本文は、医学生時代の経済学の恩師、当時の北里大学教授正田庄次郎先生の講義録（経文の如くそらんずるほど熟読した。）を参考・引用させて頂いた。「市民社会の構成原理」という人文科学の重要課題をご教示下さった先生に深謝申し上げたい。拙著がスミスの感性を正田先生から次代に伝承できれば幸いである。

アメリカ版「密教」との遭遇？

最近少なからぬカルチャーショックがあった。インターネットを通じてのアメリカ人ハイテク科学者グループとの出会いである。彼らの思想・出版はアングラだが、過激な主張からして当然の役作りであろう。ただ、秘密めいているから密教的というのではない。理由を以下に記そう（フリーメイソンとの係わりは、多分シンパか、アンチだとみるが、不明）。

いずれの大宗教も常に政治と結びついた権威以外の何ものでもなく、「愛」などとは実際には無縁だと彼らは説く。権力が「神」という恐怖の概念を一般大衆に押し付けて、支離滅裂で被害妄想に満ちた統合失調社会を造り、制御しやすくしたと言うのだ。キリストは血の教え、イスラムは殺人の教えとまで断言する。昨年来のテロと報復を見るにつけ、あながち根拠のない誹謗中傷とも思えない。ほとんどが敬虔なクリスチャンとして育った彼らだからこそ、その言葉には重みがある。さらにユダヤ教やヒンドゥー教も同様であると。仏教や道教に触れてないのは、彼らにとって縁遠いからか、あるいは取るに足らない小悪党とみなされたからか。しかしその趣旨からして伝統仏教も、ましてや日本神道や儒教は当然、糾弾されたとみて然るべきだ。盲目の信仰は人間性の喪失と無責任しか生み出さない。私は仏教徒として彼らの主張を謙虚に受け止め、逃避することなく、真摯に熟考したいと思う。

自然科学と統合された哲学をもって「神」という幻覚妄想を排除しないと、公正な目は生まれない。彼らはその上でサイバネティクスを用いて、精神世界を心理学、生理学のみならず物理学で解明しようとしている。ここで言っておきたいのは、彼らは唯物論者でも、共産主義者でもなさそうだ。サクセスストーリー好きの古典的アメリカ人、生粋の自由主義者であり、自然、人間および精神世界をこよなく愛するロマンチストということだ。宇宙の神秘には憧れるが、神秘主義の迷妄を厳に戒める。この世に旧態依然とした「神」は存在しないが、我々一人ひとりが本来神である。彼らはそう考えている。

神秘主義あるいは権威主義への懐疑と警鐘。公正と平等の尊重。哲学と自然科学の統合。内なる宇宙の探求。彼らの発想は老荘思想や空海の業績と見事一致しているように私には思える。道教ないし密教の現実への投影を模索する私との共通部分は大きいかもしれない。現代アメリカのハイテクも捨てたものじゃない。我が国同様ごく一部だが哲学に明るい御仁もいるらしい。地球規模の環境破壊など、絶望的な時代にあって一条の光明を見る思いだ。

チベット・ホロコーストから見える古今東西

インド、ネパール、ブータンに広がるチベット密教（ラマ教とほぼ同義）が誕生した聖地チベットは、現在中華人民共和国（以下チャイナ）の占領下にあり、法王ダライ・ラマ十四世を初めとする高僧の多くはインドに亡命している。最近インターネットの情報解放により、さしものチャイナ共産党政府の情報統制にも綻びが見え始めたことは実に喜ばしいことではある。

かなり古い数字ではあるものの大戦後の話。チベット亡命政府によると、一九四九年から七九年の間に拷問死や刑死、傷害致死、自殺など、チャイナ政府の弾圧が原因で死亡したチベット人は約一二〇万人に上るらしい。チベットの人口が四五九万人（九〇年の国勢調査）であることを考えると、いかに大規模な弾圧が行われたかが分かる（産経新聞参照）。

宗教学者の正木晃によると、反政府活動をした疑いのラマ僧のラサ市中引き回しの上の公開銃殺が、最近でも行われているそうだ。天安門事件では、兵士に予め（あらかじ）麻薬を使用させた上で、同胞『漢民族？』民間人を機銃掃射、戦車で頭部をスイカのように踏み潰させる残虐さだから、異民族の弾圧などは朝飯前といったところだろうか？　台湾、インドシナ半島、南シナ海へ軍事侵攻する構えだが、戦前日本の「八紘一宇」に酷似した猛々しさではないか？

そんな冷血集団が、日本の侵略戦争を執拗に弾劾する。確かに、軍事裁判を免れた拝金主義者が、戦前戦後の歴史の闇で、私腹を肥やした行為は弁解の余地はないだろう。それに関する詳細は、本書では触れたくないので、他書に譲る。「侵略・虐待のノウハウ」を戦前日本に学んだとでも言いたいのか？　そして日本の巨額のＯＤＡを、当然の賠償？　として受け取る厚顔ぶり（渡す方も勿論大問題）。しかもその野放図な輩が、戦勝国かつ後進発展途上国として国連で胸を張って戦略核を大量保有しているのだから「狂人に刃物」の喩えどおりだ。

近年、アメリカが指摘するチャイナの『人権問題』とは、主にチベットやシンキョウ・ウイグル民族弾圧（ジェノサイド）問題がその中心である。しかし異民族弾圧に関する報道は日本国内では希少なので、多くの読者にとって馴染みのない話かもしれない。我が国のチャイナとの国交評価に何かと手心が加わるのは、チャイナが戦後わが国の懐、政治経済文化の深奥に、巨大宗教団体同様、病原体のごとく侵入している災厄に他ならない。それを手引きした「チャイナ・スクール」と揶揄される日本人売国奴（一握りの政官業）のチャイナの低賃金と巨大市場に依存した利権なのだ。誇り高き日本ブランドにＭＡＤＥ　ＩＮ　ＣＨＩＮＡと記し大きな利潤を得る恥知らず。爆買い。日本の不動産からウイスキーまで買いあさるいわゆるチャイナの富裕層、そもそも厳格な共産主義国家に民間企業の「勝ち組」などが存在するか？　何のことはない、共産党のエージェントだ。情報筒抜け、工作し放題。不用心この上ない。外人が、酒はともかく、国土を自由に購入できるのが主権国家と呼べるか？　そう改悪したのは、比較的最近の日本政府である。国土を売りに出した政治家とそれを選出した国民、『売国奴』を漫画にしたような笑えない話。日本国民は先の大戦の罪悪感およびその後の平和贅沢三昧から早く覚醒しないと、米中の複合属国、ないしはアメリカからチャイナに売られる奴隷難民になるかもしれない。

　チャイナ政府が各自治区の少数民族に徹底した弾圧を加える根拠が、チベット人、ウイグル人に見られる崇高な信仰心であることは容易に想像がつく。ジェームズ・レッドフィールドの小説にあるように、チベットの理想郷『シャンバラ（またはシャングリラ）』伝説に本気で恐れおののく唯物論者軍団の滑稽な姿が目に浮かぶ。

　言わずもがなのことを敢えて記せば、歴史は古今東西、勝ち組の新支配者により上書きされる。世界史も日本史も空想フィクション出鱈目のオンパレード。「中国」などという国家は地球の歴史上どこにも存在していない。それは「漢語」で「我が秀でた愛すべき祖国」という意味であり、つまり日本人が「中国」と言えば、広島界隈のことではなく「日本国」のことなのだ。Ｃｈｉｎａにおいてファースト・エンペラーからラスト・エンペラーまで、北方系騎馬民族でなかった皇帝は一人としていないようだ。万里の長城は北方系騎馬民族同士の争いの産物だろう。もし南方の戦争なら、より中原（ちゅうげん）に近いもっと南に築かれたはずだ。

先述したとおり、日本が自国を「中国」と表現する古文書まであるらしい。さらにＣｈｉｎａでは「中華思想」も相まって、科学的には立証不可能な「漢民族」優位の歴史観を妄想したものとみられる。中原の覇者が漢民族を名乗り、その長が、皇帝の玉座に座る。その実体は天敵たるべき、北方系騎馬民族だから洒落にもならない。チャイナ共産党もまさにその邪教妄想スタリニズムの核心にあるのだ。

こう考えると、Ｃｈｉｎａと我が国は、よく似ていないだろうか？　チャイナにあこがれその怪しい律令体制をパクった飛鳥人、天平人はこのシステムを実に深く理解している。内戦の敗者が逃亡の果ての新天地が日本かもしれないと私は睨んでいる。このハイブリッド、インターネットの時代に単一民族を信奉、標榜する二国家。幻の漢民族と大和民族。
欧米人に〝Ｃｈｉｎａ〟と呼ばせておいて、日本人が「支那」と言うと目くじらを立てるチャイナ共産党の不条理を連想させる（チャイナの古代王朝「秦（しん）」が西域で〝Ｃｈｉｎａ〟となり、それが逆輸入漢訳されて「支那」になったと考えるのが自然だろう。「支那」が蔑称なら〝Ｃｈｉｎａ〟も同様）。チャイナもアメリカ同様、極東の島国の先の大戦の『得体の知れない狂気』が歴史的トラウマとなっているように思える。完膚なきまでに叩きのめさなければ（地図から消しちまえっ！）とばかりに夜も眠れないのかもしれない。

現在のチャイナに体制が酷似した国家「ソビエト社会主義共和国連邦」が崩壊して三十年余りになる。チャイナもその標榜名「中華人民共和国」のとおり、周辺異民族はすべて独立させて、「いわゆる漢民族」主体の共和国を華中（一体どこだろう？）に再建すればよいと思うものの、多民族国家のお家事情は旧ソ連以上に相当複雑怪奇、深刻らしくそう簡単にはいきそうもない。だから彼らは前時代的な巨大独裁国家に執着するのだろう。

三世紀のチャイナは朝鮮と混在となり、我が国に本格的な文化を最初にもたらした、縄文人、新倭人との更なるハイブリッドを成し遂げた我々の祖先。彼らの造詣の深淵はいにしえの当時でさえ、自然科学、人文科学の多岐にわたる。多民族チャイナ史の、漢字、漢詩に見られる情操およびその表現能力の高さは、当時の律令国家都市計画、そこにおける政治経済、テクノロジー。漢方や鍼などの伝統医学に至っては、現代科学も舌を巻く神秘の具現であり、哲学を実践に展開させる文化の懐の深さは現在でも世界的評価に値するものである。ただ、空海にみられるように、わが列島からのフィードバックも膨大な足跡があるに違いない。

グレート・ジャーニー、グレート・マザー……。大胆な仮説ではあるが、既存の科学者たちへの挑戦性に満ち溢れている。当初はアジアの原人や縄文人も地球の長い旅人であったろう。そしてその後……。

アフリカ・ユーラシア全体からの優秀な負け犬の集合がチャイナ。いわば「土俵際」。しかし朝鮮半島、ましてや、どん詰まりの島国日本は更に選ばれし者の「徳俵」。チャイナは我々の古（いにしえ）の恩師。百家争鳴の悩ましい美女「チャイナ」を、スタリニズム共産主義軍事独裁体制で押さえつけたことに、彼女の妖艶な美貌が汚れはしないかとの危惧を抱く日本人は、私だけではないと思う。そしてハイブリッドは繰り返され新たな価値、ハイテクを生んでいく。

目を洋の西に転じてみると、我が国と見事な対照をなす島国がある。連合王国だ。西ヨーロッパの敗者復活戦が繰り返された「徳俵」である。今更EC、EUとソリが合うわけない。時は下って国内で濃密な宗教戦争。

その後新大陸を目指すメイフラワー号の船上にいるのは、数か国対抗の内紛の敗者に違いない。そして、敗者復活戦は、広大な新大陸を土俵に仕切り直しとなる。地球全域が、人種のるつぼ、すなわち火薬庫である。それは何も十九世紀のバルカン半島に限ったことではない。この星のいたるところが、危うい火薬庫でありハイブリッドなのだ。

国際平和の祭典、多民族の競演がうたい文句のオリンピックも近年、やはり列強の軍事と経済の駆け引きのツールに過ぎないように思われる。二〇〇八年の夏季オリンピックは北京市で無事？　開催された。他民族のホロコーストを進めている国で開催されたベルリン大会、モスクワ大会あるいはロス大会の再現でしかないのでは？　侵略と弾圧の強盗殺人国家を、我が国を含めた国際社会が消極的ではあれ容認したことになるかもしれない。

「五輪は参加することに意義がある」はクーベルタン男爵の怪しい発言？　それは「軍事テロ国家も経済力で堂々と参加できる国威高揚の場。平和っぽい休戦祭典」である。案の定、チャイナは五輪を契機に、第三帝国宜しく国内外で傍若無人に振る舞いだしたかに見える。そして彼女の可愛い「番犬ペット」北朝鮮は狂犬病が悪化し、ロシアと飼い主を迷う様相だ。

試練に晒されるチベット仏教のみならず、世界中の自他愛の祈りを集結すれば、人類の愚かな自殺行為は回避できるはずだ。ましてや宗教戦争などとんでもない。人々の貧しい心の争いであり実体は決して存在しない。それこそ軍事商人の暗躍と看破すべきである。彼らは問題がないところに問題を発生させて、人の死により甘い汁を吸う悪魔なのだ。内在する地球人遺伝子を共有し、宇宙的な立場の違いを冷静に受け止め、自他に対する差別、憎悪や軽蔑の迷妄を昇華させて、それぞれが本来の自分『ハイヤーセルフ、真我』を取り戻すべく歩み始める。そのとき全人類の迷妄の幻覚は消滅し『シャンバラ、密厳浄土（みつごんじょうど）』はきっと現出するであろう。

願わくは偉大なるチベット人民および諸々の人民の幸福を成ぜん。合掌。

戦争と平和

トルストイのこの作品に最初にトライしたのは中学生の時だった。確か世界名作文庫だろう、重く硬いブックカバー、それ自体が武器になりそうであり、読書は勿論早々と挫折した。同時期に、ソ連国製作の映画が封切られた。全編数時間に及ぶ大作であるが、読書よりマシと思い、地方都市の映画館に足を運んだが、途中で爆睡した。しかしロシアの酷寒の巨木の森とロマノフ王朝の、おそらくはかのハプスブルグ王朝をも凌駕するだろう壮大華麗さが、強烈に印象に残った。それに対するタイトルの二分法、戦時の描写は神の雷のごとく大地にランダムに降り注ぐ砲弾の雨の恐怖。

後年、同作品がオンエアされビデオ収録した。自宅で、晩酌の共に何度となく再生したが、やはり制覇できなかった。

最近ＤＶＤ五枚組を入手し、二週末を費やして、動画とはいえ長年の「大作読破」の野望を達成したので、ここにその感想を簡単に記す。

トルストイは語る。人生は全てを包括する。宇宙そのものである。つまり、邪悪、欲望、醜悪な闇の結晶である戦争と、自由、平等、博愛、慈悲（共感、思いやり）美麗な光の世界を保つ平和、そのいずれも、他ならぬ我々の人生そのものである。決して他人事でも虚構でもないのだ。つまり自由主義社会では、戦争するも平和を享受するも、自分自身の意志一つである。喧嘩するか、自我を制御して共存するか？　四苦、三毒、無常、無我……。仏陀の教えを連想させる。そういえばトルストイは、日露戦争のコメントを見ても、仏教も学んだふしがある。文豪はグローバルな哲学者でもあった。

ペインクリニックと空海―魂がよろこぶ医療の実践

私は現在関西圏で、ペインクリニックを中心に据えた無床クリニック医院を開業している。勿論ド田舎である故、コンビニクリニックである。

北里大学の恩師、故田中亮麻酔科学初代教授が臨床実習小講義（ポリクリ）において、「ペインクリニックは、患者さんのお痛みを和らげるのだ」と、いかにも瀟洒(しょうしゃ)な先生らしい表現をされた。「痛み」ではなく「お痛み」。「これぞ臨床！」成長期の前時代的スポ根エクササイズにより、自ら運動器の疼痛に悩んでいた私は心動かされ、この道を選んだ。

私は四国徳島に生まれ育った。美濃・尾張人であった父の仕事の都合で、かの地に生を受けたのだから、とりわけ不思議なご縁を感じざるを得ない。関西や四国は、神社、仏閣、遍路道、祠、石仏等々がいたるところにある。それにはこの地を修行の道場とした「おだいっさん（お大師さん）」空海が未だ神仏習合に寄与しているのだろう。彼の足跡には、八百万の神、三世(さんぜ)諸仏が、ごちゃごちゃとひしめいている。明治期の実に乱暴な神仏分離令、廃仏毀釈の爪あとは現在でも生々しいが、当の神仏は結構仲良くやっている。敬虔な信仰と言うよりは、神仏が実生活の中で生々しく息づいて、祭りや民衆文化に似つかわしい享楽や情熱を人々にもたらす。この流れを文化と言わずして何なのか？　私はそんな環境に育まれた。

　仏教書を読み、週末に渋谷、新宿のライブハウスでロックを歌う、今思えば不遜、奇天烈な医学生だった。私は医師となった後も四国の偉人である空海の密教を学ぶ。そしてあろうことか本当に山伏になって十数年。当初は休みになると山に分け入った。「サンデー坊主」である。山林を駈け、岩山を攀(よ)じ、厳寒の瀧に打たれる。

「何かあったのですか？　そんなことして大丈夫なのか？」

　プロの住職にマジにご心配をおかけしたことも、議論したことも何度かある。ハードロッカーらしく、修行においても、今想い出すと身が竦(すく)むような無茶を数々してきた。無論その危険性は十分理解した上での半端な「悪ふざけ」である。

　そして現在、医院の裏には内護摩(ないごま)を焚く「龍王院倶梨伽羅不動明王堂」を設けた。医院開業時の満を持した建立である。

「ゆりかごから墓場まで」

　先代の亡父、縁者の法事もほぼ自分でやる「家庭内坊主」だ。

さらに奇妙な話だが、私はこれを宗教だとは思っていない。仏罰を恐れずに敢えて申し上げるなら、私にとっての密教は精神修養を通り超えて、「スポーツ」「アート」あるいは「メンタルヘルスケア」である。今でも時々ライブハウスで歌うが、そのパフォーマンス感覚にも似ている。「宗教」ではないのだから、いずれの僧籍も頂戴できない。

哲学者空海は彼の著書『般若心経秘鍵』の中で次のように説く。

「仏の教え、つまりさとりの世界は、遥かかなたにあるものではない。我々の心の中にあって、まことに近いものである。真理は我々の外部にはないから、この身体を捨ててどこにそれを求め得よう。迷いとかさとりとかいうものは、自分自身の内部に存在するのである（松本照敬訳）」

私の御本尊不動明王は遥かな別世界におわすものでも仏像の中におわすものでもない。私の意識の中においでになる。それは私自身の理想の姿であり、迷いの世界に翻弄される現在の自分とはかけ離れて当然。お不動さんでも観音さんでもあるいはマリアさんでもよい。自身の御本尊と意識深層で対峙することで、行者は自己実現へと第一歩を進める。そして成長した個性が、実生活において社会的価値を生みだす。現実に貢献しない仏法などいらない。個人の意識こそ神であり、仏である。仏教、道教、儒教……、元来東洋には原始自然崇拝と哲学こそあれ、グローバル化された神秘主義は存在しない。仏教も哲学であり、世界的な「宗教」とされるのは、私にとって実に不本意なのだ。

宗教戦争……もともと存在しないものに振り回される愚かな殺し合い。問題のないところに問題を発生させる「死の商人」にとって、排他的な宗教は都合のいい手段になる。その結果、洋の東西を問わず神秘と被害妄想を唱え、組織化、政治化された大小のカルト宗教が人類を不健全な方向に向かわせているようである。

私の考え方は『小乗』に近いかもしれない。自分が真っ当を志すに精一杯で、とても他者への献身などおこがましい。大震災後単身神戸に医療ボランティア活動参加で乗り込んだのも自己実現（承認欲求？）のため。その結果が人様に喜んでもらえればよい。私はどこまでも我儘人間でいたいと思う。

少々言葉の遊びをしてみよう。私は「未知世界」はあっても「神秘世界」はないと考える。物理学、天文学、生物学や医学は日進月歩。常識が瓦解し、全く別の考えが上書きしながら進化する。感性が神秘的になるのは瞑想的、瑜伽で結構だが、ものの考え方（性格）が神秘的なのは病的だ。「神秘」の本質は考え方の不合理であり、それを排除する理由もないものの、客観性の無視に他ならない。そのような怠け者が創造する時空間など実在するわけもない。悪魔が登場する幻覚妄想である。右脳の閃きが社会に貢献することはあれども、それは合理的な意識と全脳の統合あってこそ。『民主主義』や『自由主義』を標榜する現代帝国主義国家の神秘主義は、脳に統合失調をもたらし、権威や狡猾な詐欺師に依存する結果となりかねない。

未だ繰り返される宗教戦争が示すように、宗教、哲学、芸術など精神世界の作業は、神秘主義を排除して「現実との生ける接触（統合）」を維持しないと、個人も集団も落とし穴にはまる。科学さえも人間の意識に営まれる以上その例外ではないだろう。

修行僧の精神障害はさほど珍しいことではなく、時として自殺にさえ至る。宗教に神秘的な胡散臭さはついて回る。不合理な教育環境が学生（がくしょう）の統合失調を招くことは想像に難くない。因みに、医師の自死、ストレス死も決して少ないとは言えないのだ。小生医師になりたての頃、医師の自殺の確率は、日米ともに麻酔科医が最高という不名誉な数字に甚く納得したことがあるが、私自身も自死で同僚を失った辛い経験がある。医師自身のメンタルヘルスケアが最近やっと話題になり始めたものの、科学、臨床、そして保健医療の狭間で、現実との付き合いが下手になりがちな職業ではあろう。依頼者（クライアント）の心身の苦痛、深刻な悩み相談を受けて、自身煩悶する姿は、医者と坊主に本来共通しているのではないか？　そう言えば空海も「僧医」であった。

ダビンチ、空海は仏法を医療に喩える。

「迷いの世界に酔いしれている者は、ああ、苦しいことよ。痛ましいことよ。名医を訪れて薬を手に入れなければ病気を治すことができないように、迷いの世界に酔い眠りこけていては、さとりの光明をいったいいつの日に見ることができよう。真実を覆い隠す病は、人によって重かったり軽かったり色々である。その毒の解毒にはこの薬が良いというふうに、この迷いにはこの教えが良いと、色々の教えがあるのだろう（同訳、中略）」

「宗教家」空海は、合理的で現実的な「科学者」でもあるのだ。


ペインクリニックに携わって四十年。最近やっと照れもなく「お痛み」と言えるようになった。臨床の精神は、共感共鳴と個人の尊厳に尽きるように未熟者なりに思う。直弟子ではない私も田中教授の遺伝子をきっと受け継いでいるに違いない。

「不動明王の利剣で痛みを断つ！」

私が見た「さとりの光明」である。

疼痛の荒野を彷徨える者とともにあるとき、患者さんの「痛み」は、私を自己実現へと駆り立てる「お痛み」となるのだ。患者と医師、互いの魂がよろこぶ医療。患者さんの願いを叶えるペインクリニシャンになることが、私にできる田中教授への何よりの恩返しであり供養だと考える。

恩師菩提のために、行者龍祭合掌。

ミスター・アトラクション

お賑やかし怪人（私の英語の造語を無理やり日本語にしました）。
持てるとは、人たらし、人気者になること。派手な曲芸以外では、話し上手が大切。そ
れには、話題の選択が最も重要だ。
話題には三つの禁忌があり、それを出すと人に嫌われやすくみっともない。勿論これら
に関する野卑な俗語は論外。
まず、自慢と悪口。これは自他の差別宣言である。基本的な社会性が欠如している。
次にダジャレ、洒落てない冗談である。おやじギャグともいう。笑い取りが、滑る前に
滑っている。教養のなさが露呈する。
最後に下ネタ。下品さ、理智の欠如。つまり無頼漢であることを露呈してしまう。
ただ、これらの禁忌を、ジェームズ・ボンドのように洒落たウィット、豊富なリテラシー
で瀟洒に調理できれば、聴くものを楽しませるミスター・アトラクションの話芸になるが、
かなりの教養と経験が必要なので禁忌に触れる冒険はしない方が無難である。

やんちゃな「愛の卵」不思議医学生回想

草創期の我が医学部は、現在のようなエリート医学部というイメージなど微塵もなかった。概ね十回生くらいまでは獰猛な肉食系。草食系が繁栄する昨今とは隔世の感がある。当時の新設私大医学部は、正門より裏門が喧しいと盛んに揶揄されたものだ。しかし逆に、勝ち組を親に持つ、可愛い坊ちゃん嬢ちゃんのキャンパスは、偏差値教育以外での卓越した才能の持ち主で溢れていた。

特に我が校は、様々な個性がモザイクのように極められ、その芸術性はもはや病的でさえあった。猛者のスパルタ教授連にバンカラの鬼先輩。彼らに平然と突っかかる無謀な新入生。坊ちゃん医大にありがちな超マザコンはむしろ少数派。蛇やタヌキ息づく原生林に囲まれたキャンパスには、関東ローム層の細かい土くれが常に舞い上がる。その匂いは周辺の牛馬の生活臭を交え泥臭く、そしてさらには我々の生活臭を付加し汗臭く、ときに血生臭いものだった。そんな類（たぐい）まれな環境の中、ヒポクラテスの卵たちは実写版ハレンチ学園でまさにエイリアンのごとく孵化し、蹉跌と練成を繰り返していったのである。

ラグビーの勧め

現在アスリート医療に携わる私は、高校、大学とラガーマンを体験し、その危険な魅力に嵌り、今なお全身に歴戦の勲章が疼いている。ワールドカップ日本大会では、古巣徳島県ラグビー協会のお手伝いで、同県鳴門市にキャンプしたジョージア代表チームのサポーターとして、その練習を拝見し、監督と英語で語りあった。

ラグビーワールドカップ２０１９日本大会は、日本代表チームの期待を上回る大活躍と関係者および「俄かファン」の皆様のおもてなしのお蔭で、大成功をおさめ、ラグビーというスポーツの周知ばかりか、多くの俄かファンの獲得にも至りました。ラグビーは御覧の通り、集団格闘技、武器のない軍事教練とも思えます、３Ｋ【危険、キツイ、汚い】で今まで日本では敬遠されがちで、マイナーでしたが、スクラム等のセットプレー、ワンチーム、ワンフォーオール・オールフォーワン、ノーサイド等今回御覧に入れたように、危険であるからこその、礼儀正しさや、思いやり、チームワーク、ボーダレスなどの自由、平等、博愛といったダンディズムのギャップは、さながら明王と菩薩の二面性に感動を覚えた方は多いと思います。特に戦乱、難民問題など、グローバリズムとナショナリズムの葛藤が、世界中に蔓延する現在、人類共生のメルクマールとなる啓示かもしれません。事実、ラグビーの観客は、エキサイティングにも拘わらず、選手同様フレンドリーです。

今回の日本のおもてなしとのコラボの大成功で、今後ラグビーは、プロ化や少年および女子競技人口増加が期待されますが、その受け皿が求められ、私も今後とも貢献します。

因みにラジオのチューニングのことを、意識の世界ではチャネリングと言う。

追伸
残念ながら、ジョージア代表は、健闘むなしく、予選敗退に終わりました。練習は良かったんだけどねえ。
我が国近年の猛暑と台風は、特に寒冷諸国の選手には、過酷なエクササイズ環境だとは思いますが……。

ラジオ

周波数を合わせた番組が聞ける。実は現実の社会生活も同様なのだ。類は友を呼ぶ。朱に交われば赤となる。とか言う。感情やメッセージが、メディアとして他に伝播することがある。ありえない確率で起こる出会い、虫の知らせ。それらは実は偶然ではないのかもしれない。霊的な振動数、心の振動数は共鳴する。これがシンクロニシティーやテレパシーである。ラジオは放送局からの電波が、全国の空間隅々まで飛ばされているので、受信装置で聞ける。では神秘的なメディアの媒体は何か？　何らかの波動か粒子が実在せねばならない。私は、量子力学とのオーバーラップを強く感じる。空海の即身成仏義には、森羅万象を六大（地、水、火、風、空、識）に分類し、瞑想する。「私は心でもある。あらゆる場所において自由自在で、命の有無に拘わらず、あらゆるものや場所に行き渡って存在している」。その象徴であるア字は最初の根源的な命で、ヴァ字は水、ラ字は火、フーム字は風という名をそれぞれに持ち、カー字は虚空と同じである。この経文最初の句の心とは識ないし智、即ち宇宙万物の精神的側面を言い、他の五大は物質的側面を意味する。更に、六大の活動が何物にも妨げられず自由であるという特質を表わす。大宇宙の遍く一切に存在する智恵の意識を宇宙仏「大日如来」として、今日の量子力学が提示する宇宙空間を満たす情報伝達パラメーターをかの仏体と直感した。空海は真言密教をそう解釈し布教したのであろう。私の意識はあらゆる場所を自由に行き来して、他と交流している。良いプログラムにチューニングしてどこまでもポジティブに振る舞えば、今、ここが「密厳浄土（仲間同士の助け合い集合）」となる。逆にネガティブプログラムにチューニングすればこの世の地獄（敵同士の潰しあい集合）となる。神秘のラジオはどこまでも荘厳だ。どの番組を選ぶかは、我々次第です。パラレルワールドに例えれば、空海にチャネリングするか、怨霊にチャネリングするか？　である。これを読んでくれているあなたに空海の知恵を差し上げたのです。

愛国および亡国

天下の民が困窮するようでは、その国は滅びるであろう。　大塩平八郎

アフガン戦争およびイラク戦争に、米軍の後方支援という形で、我が日本軍は参加した。日本の参戦は、先の敗戦以来初めてだ。戦争に行くのは、どの国もやっていることだから仕方ない。重要なのは本当に国益になる参戦の仕方か否かの見極めである。アメリカがアフガンの子供たちを含む民間人を殺傷する戦いの後方支援を中途半端な武装でするよりも、難民救済活動の各国ＮＧＯを、世界最先端レベルの完全装備フルメタルジャケットで護衛、支援するほうが、長い目で見て国益に繋がるように私には思える。

神風特攻隊や戦犯の狂気が効を奏したのか、大東亜戦争直後アメリカは神秘の国日本を本気で恐怖していた節があり、そのため何とかこの国を骨抜きにしようとした。戦時中にものを言った膨大な物量と、刺激的な異文化の投入だ。その目論見はまんまと、と言うよりも期待以上に成功したようだ。日本は戦後五十年を経て、骨のない軟体国家つまりアメリカの軍事的および経済的属国となり果てる。ただ「えひめ丸事故」や同時多発テロ事件

で露呈したように、最近のアメリカの危機管理能力低下には著しいものがあるように思える。

「日米同盟」などというアメリカには実感のない首脳間のフリーメイソン握手。その瞬間貴殿も、ヤマト国名物「軟弱化ウイルス」に逆感染しているのに気づいておいでかな、大統領閣下？

「日本を頼むぞ」

それが戦中派亡父の大それた遺言であった。されど私、我が一身たりとも祖国に捧げる気は皆無、ましてや友人や後輩を巻き込む気なぞ微塵もない軟体動物だ。「リーダー」たちの病的な笑顔を見るにつけ、滅私奉公、就中(なかんずく)決起するに足る国ではないとの諦念を禁じえない。残された私の価値観は唯一ボーダレスの地球人類愛。

たとえ国滅びようとも、願わくはこの星の各民族、地球の生命が安らかで幸せでありますように。

遺伝子組み換え農作物

遺伝子組み換え農作物が輸入され、我々の口に入っている。現在輸入が認可されているのは、特定の除草剤に抵抗性を持つ土壌微生物の遺伝子をダイズやナタネに組み込んだものや、殺虫成分をつくりだす細菌の遺伝子をジャガイモやトウモロコシに組み込んだものらしい。

これらはもちろん人体に対する安全性の審査が行われて輸入が認可されたわけだが、単純に考えて、葉っぱを食べたら虫が死ぬという野菜を人間が食べても果たして無害だろうか？　との疑問がわく。これまで人間が食べたことのない「食品」だから、その安全性の「科学的根拠」にもあまり説得力がないと思う。急激な毒性が認められないからといって、長期間食べ続けても安全とは限らない。またそのような本来自然界に存在しない生物が、生態系を攪乱しないか？　と考えると、ＳＦホラーが現実化したようでゾッとする。思い上がった我々人類が、神仏を冒涜しているようだ。

更に企業やその製品への不信感を募らせる事実がある。アメリカのモンサント社のダイズはモンサント社の除草剤に抵抗性があり、ドイツのアグレボ社のダイズはアグレボ社の除草剤に抵抗性がある。つまり自社製の種子が世界中にばらまかれれば、自社製の除草剤も須らく売れるという仕組みだ。それを裏付けるかのように、アメリカの経済界におけるモンサント社の経営躍進には目をみはるものがある。確かに企業経営の目的は生産・営利にあるが、地球のわずか数年後の将来をも犠牲にしかねない経営戦略と、関係各国株式市場、政府の対応には、強い憤りを禁じ得ない。

古今東西社会構造を問わず、一握りの者が金力権力を振りかざして、政治を自由に操るのが、悲しいかな、人の世の常である。対して奴隷状態に近い民である非力な我々だが、消費者として製品を選ぶことはできる。掛け替えのない自然と生命を守るために、しっかりした考えを持っていなければ、一握りの邪悪で愚かな者に、宇宙船地球号を乗っ取られてしまうだろう。

外見が悪く、日持ちせず値段の高いものより、色かたちがきれいでいつまでも腐らなくてしかも安いものを求めるのが確かに人情だろう。しかし何が私たちの心や体にとって大切なのか、仏さまの智慧である『八正道（はっしょうどう）』が教えるように、自分でよく見てよく考え、正しい判断をしたい。そして次世代を託する子供たちに自然の素材そのものの味を教えたいものだ。

自分自身に、そして地球に投資するために、オーガニックを選ぼう！

阪神大震災医療援助体験

大震災前夜、私は小用で神戸にいた。何かに急かされるように「危険な海峡」をフェリーで神戸から四国へ。そして明朝徳島で震度四による起床。軽い震災体験をすることになる。ところがテレビに映し出されるのは数時間前まで滞在した神戸の惨状。異様だったのは火災の多さ。現場での後日談、放火もかなりあったらしい。それさえなければ死者は半減しただろうに。後日私は医師としてのボランティア活動で神戸市に赴いた。

この経験で一つだけ気づいたこと。それはボランティア自身の健康管理能力である。私は倒壊寸前？の長田区役所に二泊三日させていただいたが、その間に数人の同僚ボランティアの方の診療をした。私自身二日とも睡眠時間は約四時間、不慣れなもので妙な罪悪感があり、救援物資に手を伸ばせない。食べるものがあってないのだ。それにまるで戦時を思わせる異様な状況下で、情緒的緊張も重なる。その結果、僅か三日間で心身ともに疲労困ぱいした。支援物資、特に食料だが、日本の医療スタッフは私同様明らかに遠慮していた。ある意味、避難民の方々以上に劣悪な生活環境ではなかったかと思う。「自分にできることは何なのか？　これをすれば皆に迷惑がかかるのではないか？」オリエンテーションのつかないまま、自問自答を繰り返したのは私だけではあるまい。もし、ごく簡単なマニュアルでもあれば、われわれの葛藤はかなり軽減されたのではないだろうか？　また長い時は二時間に及ぶ熱心なミーティングで得られる成果にも多少ならず疑問を感じた。日本人が好きな無駄な会議は、非常時にも生きていた。一方、フランスなどの外国の方々のクールな自己管理のうまさが非常に印象的だった。みんな私たちが遠慮するおにぎりを、薬のように口に運んでいた。激務に耐えられるグリコーゲンローディングだ。私も彼らに学んで、炊き出しの列に被災者とともに白衣で並んだ。ボランティアがバタバタと倒れるようでは、決して効率のよい救援活動とはいえない。不謹慎な表現をあえてさせていただくなら、「ミイラとりがミイラ」にならないようにしなければならない。ボランティア個々の尊い「献身」を「犠牲」にしたくないと思った。

近年になって、テレビの宗教番組で、偶然見かけた近代アートに、ホームレス支援の炊き出しの列にキリストが並ぶ奇異な絵画があり、炊き出しも立派な行為だが「援助する者」が「援助してもらう者」の目線に立てば、より菩薩に近づきそうだ。「小さき者たち」の仲間に溶け込み、仲間同士が助け合う行為は、おそらく彼の神に更に「祝福」されるのではないかと愚考した。

古語に倣う？　「援助交際」をやめよう！

最近聞かれなくなった言葉の一つだ。「援助交際」とは紛れもなく「少女売春」のことだった。

「政府、公務員による年金横領」が「消えた年金」になるのと同じ、言葉の「手品」である。年金の場合は犯罪性濃厚だから、国家的犯罪……「詐欺」なのだが。

女子中高生の売春。少女が、ブランド品を身につけるために性を売る。それが時代のトレンドになる。

でも、そんなこと昔から普通にあったんじゃないの？　ホストクラブに数か月で数百万円貢ぐために、オジサン相手の売春を繰り返すこともあるというが、それも豊かさの証明では？　質、量ともに悪質化しているのなら問題だが、根本的な本質を探してみたい。

「援助交際」は恐らくマスコミの造語だろう。どちらがどちらを「援助」するのか不明だし、恵まれない人に対する献身的な善行ヴォランティアのような語感さえ醸し出す。これでは少女たちにとっても流行の最先端という感じで、あまり罪の意識が生じないのは当たり前ではないか？「婉曲」という美語を設えてグレイゾーンを正当化し、現実を直視することを避ける。日本人が大好きな、危険な言葉のマジックではないか？実に逆説的ではあるが、三島や川端も、このような母国語の無責任が生み出す情緒崩壊に絶望し、憂国の念を現実に投影したのではないかと私は思う。文豪の寄寓を未然に防ぐ？　まず大人が「援助交際」などという無責任な日本語の使用をやめるべきであろう。そんな「一発物」の言葉はすぐに消滅するものの、国家的犯罪は伝承し、「消えた年金」のごとく次から次へと下劣に造語され続ける。美しい日本語に親しみながら、危険な喧伝に対する防御感性を高めたいものである。

夏が来れば思い出す

十六歳の夏、高校の研修旅行で初めて高野山に登った。田舎のトップエリート高（入学制度変更で、かつての文武両道の名門も今は全く様変わり）の生徒、一学年約四〇〇名が山上の宿坊で一泊。

聖域の夜、高校生がやることとは、お決まりの怪談と肝試しだ。クリスチャンの同級生が、ノストラダムスよりも更に差し迫った終末予言「数年後、小天体が地球に衝突するよ」をぶち上げて座を大いに盛り上げたかと思うと、新興カルト某宗教の信者が「いやいや、ここで憑き物の蛇や狸を出しましょう」といった具合に、真言密教宿坊内には各宗教、魑魅魍魎が大いに跋扈したものだ。

いよいよ興にのった頃メインイベント、奥の院への肝試し参拝が始まった。片道約二km の薄暗い参道を一人ずつ出発する。旧帝大経由高級官僚の卵であるマメな連中は「笑い袋」という当時のハイテクまで持参し、墓石の陰に潜むという生来の卒のなさの片鱗をうかがわせた。ところがさすがは世界の高野山。夜間にも参拝者あるいは亡者が絶えず賑々しく、しかもいずれもが惜しげもなく打ち上げ花火のような、強烈な個性を主張しているではないか！　我等の仕組んだ肝試しなぞ実に陳腐で滑稽な遊戯だった。

途中我々数人が、深山ならではの巨大な蛙を見つけ騒ぎながら悪戯を始める。すると突然背後から、

「こら、何してるんや。この山の生き物は皆仏さまだよ。そんなことしたらあかん」

と、たしなめられた。二人の高野山大学生であった。今思えばあの牛蛙は高野の山の神だったのだろう。その後、かの学生たちは、何と五体投地をしながら大師御廟へ向かっていったのだった。菩薩らしからぬ鬼気迫る真剣さである。『五体投地』は神仏に向かって合掌したまま深く土下座する礼拝法で、チベット密教では聖地巡礼の荒行として行われている。ただ日本において、五体投地は修法の中に見られるのみで、参拝者がそれをしながら参道を進むのは、今考えても奇異な感じがする。ひょっとしてかの学生さんも山の精霊だったか？

「信仰とはかくあるものか」

私はこの学生さんの真摯で慈愛に満ちた言動に少なからぬ衝撃を受けた。

そして私はまた参道を歩き出す。ふと気がつけば周りに誰もいなかった。あるのはただ

数万基の墓標の群れとその背景の漆黒の闇……。当時私は神秘を信じなかった。暗闇にも墓標にも恐怖を感じなかったのだ。

その不思議な闇の中に投じた我が身に、突然のことだが、どこかで囁きのような物音がした。同級生が女生徒を脅かそうと、墓石の裏に潜んでいるのだろうと思う。しかし物音と気配は次第に大きくなり私を包んだ。まるで都会の喧騒のように。そこに恐怖感はなく、懐かしさと安堵さえ覚えた。

「神秘な世界は在る！」

そう私は直感した。そして神秘世界の入口であるこの霊山に再び帰ってくることを悟ったのだ。事実私は二十年後、大師信仰を携えて戻ることになる。

遠い夏の夜の大師空海との出会いであった。かつての少年の精神は今老境に達し、曼荼羅という形而上の国家に暮らしている。

顧みる高野は高き時の壁　かはづ権現けふぞ越えたき　龍祭

火事場の馬鹿力

戦国の世、獅子窟寺（大阪府）の住職は、戦火を免れるため御本尊を背負い、山を越えたという。その時、討手に受けた刀傷が今でも薬師如来の頭部に残っている。もし伝承が事実なら無論、特殊部隊集団精鋭の重厚な守護あってのことに相違ない。実際に本尊を担いだのも屈強な軍人と考えるのが自然である。つまり「僧兵」と考えよう。

御本尊はほぼ等身大。正確な数値は定かではないが、その重さたるや相当なものである。おそらく仏像の濃密な木材質から考えれば、生きた人間の重量を遥かに超えよう。先述の不自然な伝承を史実と鑑みても屈強な男に違いない。その僧は僧兵でなくてはならぬ。あるいは擬装工作で本尊は動いていなかったかもしれない。根来寺の不動の例もある。いずれにせよ御本尊をお守りする火事場の馬鹿力。彼らの脳内のリミッターをはずしたのは信仰心だろう。

これを聴いて私は、ある禅師が、母親の菩提を弔うため、自らの手を傷つけることを繰り返し、流れ出た血で観音経を写経したという話を思い出した。同じ僧侶にしてもかなり異質に思える。いずれも現代一般の価値観からすれば馬鹿げた狂気かもしれぬが、本来信仰とはそこまで真剣で壮絶なものと思い知らされる話である。

怪談

文字通り、怪しい話である。『幽霊』『お化け』フィクションとしては成り立つが、エビデンスも再現性も乏しく、仮説にもならないおとぎ話。疑似科学だ。ブッダは所謂オカルト、超常現象に関する質問に対して無記（ノーコメント）を貫いたようだ。占いを否定したことだけを除いて。ブッダは、科学者ではなく哲学者だが、「事実唯真の立場」を堅持したということだろう。ただ私は生命科学者であり物理学も量子力学までかじった密教人としては、神秘に関する命題に、ノーコメントで終わるわけにはいかないと痛感するので、私の様々な経験と文献に基づく考察をこのエッセイ集に敢えて掲載する。

まずこの物質界に、出現し、消滅するから、怪異でありオカルトである。「異次元」「パラレルワールド」を考えると、自然科学と相いれない世界ともいえないと思う。以下他項に詳しいが、数学の三次の関数方程式で四次元のベクトル空間、行列を用いて探る。量子力学に至っては、微小世界限定とは言え、ある時は粒子として振る舞うものが、別の機会には波動として振る舞う。まるで色即是空ではないか？　死後の世界はあるのか？　死後も人格は残るのか？　という命題もある。「生き仏」と言うに相応しい方が実在すれば、反社会的な生き方をし、凶悪犯罪を繰り返す者も実在する。精神病や薬物、カルト思想の影響で、結果的に凶悪犯罪者になるものも実在する。死後も自由意識は存在し、人間関係も成立するようだ。生死の境界は、鮮明ではなくグラデーション状態であるようだ。人間死ぬと肉体（ハードウェア）から「霊魂」（ソフトウェア）が分離すると単純に考える。その後は、仏教によると、別に述べたが、六道輪廻に入るか、それから修行により解脱するか否かである。そのいずれもこの現実とは異なる時空『冥界』と考える。その『冥界』とこの『物質界』が重なるとパラレルワールド、多次元が出来上がりそうだ。また、何らかの理由で、肉体が消滅した後に、死者の意識だけが、この世に残ることがあるようだ。それを「残留想念」と呼ぶ人がある。原因となる死に方とは、自分が死んだことに気づかない突然死。この世に未練の念を残す。特に恨みの怨念、遺した家族などへの心配、愛着。つまり事件、事故死が多いようだ。その現象をこの世の他者が知覚すると当然「怪異現象」となる。前述した物質界でのならず者が、死してたちまち仏になるわけもなく、悪意に満ちた禍々しい怪異となるだろうとは容易に想像がつく。いわゆる『幽霊』『化け物』のたぐいだ。残ろうとしても、もはや宿るべき己の肉体がないものだから、留まるには何らかの物質にしがみつくしかない。ろくでもないことを考えてネガティブな生き方をしている奴に周波数が共鳴するから、しがみついて入り込むのを「憑依」と呼ぶ。思い出の土地や居心地の良い物に胡坐をかいて、寝泊まりするのを「地縛」と呼ぶことが多い。適当な人や場所がない場合、落ち着けるねぐらを探し彷徨う。これを「浮遊」と名付ける。ソフトウェアがこの世界の物質に物理現象を起こすのを「騒霊」と呼ぶ。機械などを壊されるのは大変迷惑だし、ときに危険である。このように幽霊が現実世界に害悪を及ぼすことを『霊障』と呼ぶ。「障り」という言葉を充てるのだ。『霊的災害』も同義である。大病、事件・事故として、因果を結んでは不幸極まりない。

環境ホルモンとの遭遇

日本で初めてインスタントカップ麺が登場したのは、私がまだ十代半ばの頃であった。今でもベストセラー製品の『ニッシンカップヌードル』である。容器が発泡スチロール製なのには、子供心にも衝撃を受けた。発泡スチロールは当時すでに学校の工作教材に用いられており、電熱線で加工する際何とも嫌な匂いがする。説明書の通り容器に熱湯を注ぐと、案の定その嫌な匂いが立ち込めてくるではないか。私はその臭みをこらえて完食したが、以後それを食べることはなかった。少年の脳がその食品を「毒」と判断したのだろう。

時は流れて学生時代、大都会での一人暮らし、怠惰な食生活は、その毒を食品にしてしまった。最初は便利さゆえに仕方なく食べていたものの、食べ続けるうちに不思議なことに依存性ができてしまい、スーパーで再々かごに入れた。そのせいでもあるまいが、私は体調を崩してしまうことになる。

その後インスタント食品を遠ざけて久しくなると、誰かがカップ麺を食べた後の部屋に入るだけで気分が悪くなってしまう。ありがたいことに、私の心身が自然な健康状態に復したのだろう。

インスタント食品中の環境ホルモン（外因性内分泌攪乱化学物質）及びその他の毒物は、我々の心身のみでなく、子孫の健康や自然環境まで蝕む可能性がある。神経質になるのも感心しないが、何に体を慣らすべきか、よく考えたいものだ。

魚放せば国が沈む？

「風が吹けば桶屋が儲かる」式（エコ生態学や環境問題とはこのようなものです。）のあまり笑えない話だ。

戦後、ブラックバスやブルーギルといった北米産の魚類が、全国の湖沼、河川の生態系を破壊している。貧しい時代の食用目的のみではない。彼らの多くは、ゲーム・フィッシング目的で釣人により放流されたものだ。

琵琶湖を例にとってみよう。ここ数十年で、沿岸に棲息していた在来八種の小魚の絶滅が確認されており、それは外来魚が原因と考えられている。変化は水の中ばかりではない。外来魚の日本での唯一の天敵であるカワウが異常繁殖しているのだ。皮肉なことに、わが防人たるべきカワウの大量の糞は、彼らが営巣している沿岸の樹木を枯らす。それにより地盤が緩み土砂崩れが起きる。事実、西国観音霊場宝厳寺（ほうごんじ）で名高い湖北に浮かぶ竹生島（ちくぶじま）では、島の周囲が広範囲に崩落していく。琵琶湖以外でこのような変化が起こるのも時間の問題だろう。実際に我が家近隣でも同様な現象がみられる。

外来生物は何も愛玩や放流に起因する大型動物に限ったことではない。忍者のような植物、節足動物から寄生虫、ウイルスに至るまで多種多様だ。彼らを繁殖させることは、免疫のできていない病原菌を自分の体に注射するようなものである。ところが日本では外来魚の放流を例にとってみても規制する法律がないため、現在でも被害は癌細胞のように全国に広がっている。発想を転換すれば、居住地がどんなに都市化されても人間は生態系の一部という教訓だ。生態系を破壊すると必ず我々にも何らかの不都合な影響が出る。これはひょっとすると、ゲーム感覚でキャッチ・アンド・リリースされる魚たちの恨み祟りかもしれないぞ。

供養とは「お蔭さま」の表現

供養とは本来、自然環境、先祖、先立った者などのお蔭で、自らが守られ、生かされていることに感謝の意を表わすことである。供養により今に生きる者、死者共々に霊的な成長を遂げることができるのだ。

十世代遡ると高々二五〇年間で、両親だけを単純計算して一〇二四人。それに各々の兄弟、他人様が加わるのだから、膨大な数の御先祖さまが、「私」を生み育んでくれたことになる。勿体ないことだと感謝するのが自然だろう。人間の自然な感情としての、先祖への感謝と愛着が供養の原点であろう。

深層心理の『個人的無意識』と『集合的（普遍的）無意識』の間に、『家族的無意識』の存在を提唱する心理学者がいる。水平および垂直に、家族ないし家系が思念を共有する場の設定だ。家系によって大まかな性格傾向はあると思うが、それは我々が多くの御先祖さまから、様々の霊的遺産を継承している証しかもしれない。その中には負の遺産も少なくはないだろう。特に過去からのマイナスの想念の伝承が、社会病理の上で大きな問題となりうると私は考える。この場合の伝達情報は、抑圧と葛藤、つまり欲求とストレスの思念だ。この「家系伝承」は仏教が説く『先祖因縁』としてその家系に蓄積して、個人の生老病死に重大な影響を及ぼし、遺伝子にも突然変異をもたらすかもしれない。生きている者が負の遺産を清算しないと、新たな因縁を生んで、さらに子孫に伝承することになりかねない。先祖の未成仏霊を霊界に還すことが供養の実践的課題の一つと言ってもいいだろう。人生の目的の一つは、供養と修行により自らも魂の曇りを清めて、先祖因縁を清算することにあるのではないか。

胎児で亡くなった霊魂を水子と言う。家系に埋もれた数多くの水子も立派な家族あるいは御先祖さまだ。生きる者が自らの不幸の原因を「水子の祟り」などと言っては「水子の濡れ衣」、可哀相で洒落にならない。水子も含めて、亡くなった死霊よりも、我々肉体を持つ生き霊の方がずっと我儘で質（たち）が悪いことのいい例だ。胎児死亡の原因がいずれにせよ、親には「扶養義務」がある。生まれた子同様に一生大切に育てるつもりで、自分と仏縁を得た掛け替えのない我が子を光の世界に導いてあげたいものである。

亡くなった方の御供養は人に頼らずに、基本的には自分でするという心構えが必要だろう。言うまでもないことだが、葬儀や墓に金をかけるのが供養ではない。似非宗教家や業界の商魂に誑かされてはならない。極端な話、心がこもっていれば、形式張った葬儀もせず、墓も造らず、自然葬するだけでも供養はできるはずだ。要はひたむきな感謝と個々の霊的成長のみが問われるのだと思う。

我々凡夫は生老病死の苦しみの中にいる。しかし他者のそれを救ってくださる御仏の苦痛とはいかばかりか……。罪深き者に大慈大悲の微笑を投げかける観世音菩薩。闇にさまよう水子・童子童女や、地獄で責め苛まれる者を拾い上げる地蔵菩薩。仏法実践のために火焔を背にしながら歯を食いしばって身じろぎもしない不動明王……。自らの苦難を厭わずに、すべてを救済しようとする仏……。それは生きとし生けるものを育む天地、自然界に他ならないのではないだろうか？　人間に破壊されてもけなげに甦り、罪深い人間をさえどこまでも生かそうとする自然環境こそが仏……。仏教、なかんずく密教は、エコロジー（生態学）そのものである。自然や宇宙に遍在する精妙なる智慧に我々の魂が感応したとき、人は仏を観る。物質界と霊界、科学と宗教の差別が消え去る。そして神と精霊に見立てた自然環境と生態系に、我々は煌びやかに供養の散華をするのだ。

恐怖からの解放

地球的規模の環境破壊、新型病原微生物によるパンデミックとそれに伴う経済危機はいつまでも出口が見えず、次代を担うべき少年少女の精神は、自然環境同様、荒廃の一途を辿っているように思える。国際的には、小ロシアや東アジアは一触即発の状況である。もし大戦勃発すれば当然日本も何らかの形で巻き込まれるだろう。そうなると長い平和の時代が終わる。日米チャイナ、ロシアの旧態依然とした政治・官僚機構は、国の内外で破局を迎えそうだ。政治の犯罪はファシズムを生む。人類はいよいよグローバルな危機的状況に陥ってきた。我々はこのような状況であるからこそ、刹那的、自暴自棄になることは厳に慎んで、冷静に今をしっかりと生きていかねばならない。自分を地球と宇宙にしっかりと繋げて、自らを取り戻そう！

我が国が欧米の民主主義を形骸だけ模倣する事の無理は既に十分証明されたと思う。自らの長所短所を国際社会の中で十分鑑みて、独自のジャポニズム自由民主主義を模索するしかないだろう。更に我が国が生き残っていくためには、共通の文化、哲学を持つ世界の国々と仲良くする以外にはない。我が国と常習的に敵対し合っているのは朝鮮とチャイナである。それは古代より国境を接し、人種、文化、領土のやり取りをしているからに他ならない。極東の黄色混血ブラザー、骨肉の争いである。それはまるで、合衆国白色混血ブラザーの喧騒が如くである。そこには優秀な敗者のみが到達でき現地王となれる。ペルシャないし欧州から命からがら逃れた武装集団が波状のごとく押し寄せる。凍結のベーリング海峡を踏破せぬ限り、太平洋にポチャンと落ちる、極東と『極西』。時代は随分ずれるものの共通点はあからさまである。そこで現地人を巻き込んでの敗者復活戦が絶え間なく繰り広げられてきたのだ。

汚職、犯罪、戦争、自然破壊。これら人間の諸悪の根元は、悪魔でも怨霊でもなく、我々の妄想から生まれる恐怖である。しかし、我々の魂はいつの日か必ず、幻覚妄想の世界を抜け出し、恐怖から解放されるだろう。その時こそ、御仏の智慧は霊肉を超越し、天にも地にも真の楽園が訪れよう。様々な恐怖にも心折れず希望を持ち続ければ、苦しみは大楽（たいらく）に変わる。これが未来仏になられたお大師さまの教えに他ならない。

ノストラダムス—恐怖の大王の最期

「おい、この本読んでみろ」

と級友に勧められたのは、当時全国でも地方屈指の進学公立高三年の時だった。

『ノストラダムスの大予言』

そこには絶望的な近未来が記されている。正直それは私の青春を蝕み、魂の退廃を後押ししたろう。

それから幾星霜。私は無事に一九九九年七の月を迎えることとなる。長い喪が明ける感じだ。恐怖を流布した予言大王ノストラダムスと著者五島勉が、ただの大法螺吹きに転落する時来たり。

大自然を冒涜し、愚かな行為を繰り返してきた人類の驕りに対する医師兼宗教家による警鐘というキャラクターを酌量しても、我が国を初め世界中に社会不安を招いたこの予言、著者および出版社の罪は無視できない。私と同世代が仕出かしたオウム大量殺人事件も、これがなければ果たして起こっていたかどうか？　ノストラダムス本人、その研究者やマスコミの責任もさることながら、この予言を培養し繁殖させた最大の犯人は、我々の内面に潜む占い大好きの、無責任な怠惰と漠然とした予期不安であると言えはしまいか？

人類が霊的な発展途上にある現在、人類絶滅などの急激な破局が起こるなら、今までの過程が無意味になる。宇宙は無駄なことをしない筈だ。

繰り返し明記するが、震災を直前に明確に指摘した者は誰もなく、それが「急激な変化は我々にはわからない」という根拠になる。ある程度の危機管理は必要だが、それが度を越すと繰れる人生まで摘むことになる。それを精神医療では「予期不安」と言う。胡散臭い予言、占い、メディアの扇動に危惧するよりも、自分の人生の「なけなしの時間」を無駄にしないように心すべきだという教訓ではあった。

勤勉

それはおそらく、日本人の特性の一つであろう。それを象徴するエピソード。かつて日本全国の小学校玄関前に不思議な肖像があった。二宮金次郎（尊徳）である。背負子に刈った芝を満載し、運搬しながら読書する。働きながらも学ぶ。まさに「勤勉」「根性」の具現化である。しかしながら生徒たちの評判はあまり良くなかったように思う。それは今風に言えば「コスパ・タイパに秀でた定時制」のようなしんどさに加え、「タカノリ」を「ソントク」と読ませたサウンドの悪さもあったのではないか？　損得勘定で粉骨砕身？　しかし実はこの二宮さん、寒村の飢餓、格差という毒をカタルシスするのは、教育と生産の効率化、つまり民度の向上しかない、日本史でそんなＳＤＧｓを提唱したのはＪＦＫが尊敬したらしい上杉鷹山とこの御仁なのである。このお二方は、頗る地味ではあるが紛うことなき幕藩体制下の偉人である。もし明治期にこのような時代を達観できる偉人が出ていたら、国の愚かな暴走を止められたかもしれないと痛感する。

私、像を見上げた頃、病弱であり、勉学もおろそかであったし、家業の手伝いなどするわけもない。もっとも当時の日本（私の近隣）は、敗戦後の貧困から立ち直り、尊徳翁の頃の飢餓貧困は見当たらなかったが。老境に入り、『終活』というやつか、仕事の合間に、秘密裏にカンニングのごとく、職業関連、一般教養を検索してはノートにまとめ、暗記にいそしんでいる。もしあの像の効能ならば、第八阿頼耶識（あらやしき）から六十年後に現実化？　凄まじいサブリミナル効果である。

ここからエッセイらしく真逆なことを気儘に書いてみよう。そんな我が国の先徳に倣っての粉骨砕身の頑張りはもうやめなさい。と言いたい。自らの道でないところを走っているから、あるいは逆走しているから、しんどい目して頑張らねばならない、努力の割に前進しないのかも。それは、果たして宇宙のミッションなのか？　ハイアーセルフのミッションなのか？　それならば波に乗れて、もっと自然に前に進むのではないか？　楽しく、歓喜はあるか？　効率よく学び、生産し、人々を喜ばせているだろうか？　あなたは自分に嘘をついているのではないか？　さもなければ健康を損ねるほど頑張る必要があろうか？

私はあなたの笑顔が見たい。それが私の欲望。だからもっと寛いで楽になろうよ。

もし誰かに「怠け者」と嘲られても、それはあなたのミッションの邪魔にはならないよ。

龍祭

原始諸宗教と日本密教

本来「苦」である「生」が永劫に繰り返される、正に地獄の転生輪廻からの解脱が、釈迦を始めとするインド原始仏教の最終目的であった。仏教の宗教的テーマは原初、実に深刻かつ暗鬱だったのだ。

空海密教の成立動機も、釈迦と同じく、現世に展開される生の苦しみのドラマ「老病死」であったろう。ただ時代、環境の相違から、その後の成長過程が両者はかなり異なる。元来成熟した大乗仏教である日本密教は、禅にみられるような厭世(えんせい)的気分に乏しく、むしろ現実すべてを容認し自他の生命を謳歌しようとするスタンスがある。

当時のチャイナ仏教をベースに、ヒンドゥー教、ユダヤ教およびキリスト教といった様々のエスニック・スパイスを加味し、日本仏教各宗派は発展したと言えよう。空海が我が国にもたらしたのは「中期密教」に当たる。密教はインドで生まれ、長旅の末に我が国に辿り着いた。インド形而上哲学の最終形態が、チャイナの巨大国際都市長安で濾過・熟成されたものを、空海は日本に持ち込んだのだった。胡国（ヨーロッパおよび中東）の教えと天才入唐(にっとう)僧が感応した長安の、白人、黒人までも包括するアーリア系コスモポリタニズムが、非アーリア系の土着呪術とコラボを遂げ、密教を大らかに変質させたに違いない。さらにそれは、風の薫り、潮(うしお)や一木一草の息遣い、天空の光明に目を凝らす、我が国独特の洗練されたアミニズムと融合し、極東の島国に根を下ろす。「日本密教」の誕生である。そう、われわれは闇の向こうを観ようとしたのだ！

　当然仏教の一ジャンルの密教ではあるものの、シャーマニズム、アミニズム的要素、あるいは身体論『瑜伽(ゆが)（ヨーガ）』を重視する点で、インド思想史の中では、原始仏教よりもバラモン教ないしヒンドゥー教、あるいは前述した青い目の宗教に近いかも知れない。そんな自己矛盾を内包して誰憚ることのない密教は、神秘宇宙にあんぐりと口を開けたブラックホールのようで、秘密の教えをますます混沌とさせる。

　しかし日本密教が汎神論を語るとき、若干のはにかみがある。ヒンドゥー教のような形振(なりふり)構わぬ自然崇拝や性愛賛美など決してできないのだ。教養の一部である顕教的ニヒリズムや儒教的モラルが、あたかも自らの暴走を恐れてブレーキを踏むかのように。そのあたりがなんとも日本的で奥ゆかしくもあり歯痒くもある。それに比べ、チベット密教はインド製「後期密教」が、外部と隔絶された急峻な山岳地方で、チャイナなどの周辺諸国の影響にほとんど曝されることなく純粋培養された。したがって実に毅然としている。態度こそ明らかに異なるが、両者ともそれぞれの風土と歴史を素直に表現しているように思えて面白いと思う。

生も死も転生輪廻も、すべては人間の創り出した幻想、夢かもしれない。仏陀は、そして空海はそう説く。したがってそれにより生み出された苦痛や恐怖も、さらにはそれらから衆生を救済すべき仏の法さえも幻に過ぎない。その究極の『空観』の向こうに、神秘宇宙の精妙な波動がニョキニョキと姿を現わす。それこそ空蝉(うつせみ)の万物に宿る密教真言なのである。

現代版『気くばりのすすめ』

かつてNHKのアナウンサーだった鈴木健二氏が、『気くばりのすすめ』というベストセラーを出した。当時その著作に関して、ある心理学者から次のような面白いお話を伺ったことがある。

ABCD、四人の人間関係。DさんがABC三氏にいささか馬鹿げた注文をする。「自分の胸でドキドキしている内臓を、心臓ではなく胃だと信じてもらえないだろうか?」と。するとAさんだけが「いいですよ」とすぐに承諾するが、他は笑って応じない。そこでDさんはBC両氏に「それでは五分間だけ冗談だと思って信じてもらえないか?」と再度頼む。Bさんは「これは余程の事情があるな。じゃあ、五分間だけなら付き合ってやろう」と考え承諾する。それでもCさんは「そう言われても無理は無理」と頑なに承諾しようとしない。

鈴木氏は彼らの対応を以下のように評する。

Aさんはいい人だがこれでは人に騙されやすく信頼もされないだろう。過酷な現実を生き抜くことは難しいかもしれない。

Cさんは利発な常識家である。しかし反面、完全主義で融通がきかないので、他人の事情を思いやれないこともあろう。その結果、冷酷と受け止められ、人間関係が上手くいかず疎外感から心の病にさえ陥りやすいタイプ。

ＡＣ両氏ともに現実対応能力に欠けると鈴木氏は言う。

Ｂさんは熟考の上で気配りをして「まっ、いいか」と条件付の譲歩をした。確かに優れたバランス感覚かもしれない。鈴木氏は、Ｂさんの対応を勧めている。

考察してみよう。極端を戒めた仏教の中道思想に相通ずるようにも思える。常識を踏まえてルールは遵守すべきだが、社会性のある人間としてそれだけでは不十分。慈悲（思いやりと共感）による優しさや懐の深さ、或いは空気を読める臨機応変な柔軟さも兼ね備えるのが、諸尊の知恵が統合された曼荼羅の智慧だと思う。

個性と協調、ボーダレスの祈り

前世紀に残してきた夭折の友人、恩人も多いので、自分が随分長生きさせてもらっている気分である。果して二十世紀とはどんな時代だったのだろうか？「温故知新」と言うように、真の歴史を学ぶことにより、現在、未来が見えてくるはずである。

個性と協調。これは密教曼荼羅の智慧であり、両面観という私の一テーマでもあり、哲学者アルフレッド・アドラーの思索にも共通するだろう。私は、この矛盾の共存がこの時代に向き合う日本企業にも国際社会にも必要だと思えるのだ。差別と区別も両面である。闇雲な平等化は、「民主主義」や「共産主義」のプロパガンダが狡猾にそうであったように、個性を埋没させ、ひいては「民度の低下」に繋がりかねない。国家、地域、企業そして各人の個性。人種、性別のように、互いの個性と役割があるからこそリスペクトと信頼関係が発生し、うまく交わるのではなかろうか。

今の日本は、アメリカという「軍産共同体大国」つまり国際暴力団に媚びて法外なショバ代を払い「核の傘の下」軍事属国となっている、片や器用に、チャイナの安い労働力で生産し、チャイナの膨大な市場で売りさばいて大もうけを図る経済属国にも身を落としている。職人技と過去の蓄財で何とか生計を立てているせこい商人にしか見えないだろう。現在の列強にとって日本人の民度の低さは渡りに船。国民に選ばれし指導者は賄賂で私腹を肥やすことにしか関心がないくせに、愛国者コスプレを好み、国際感覚の欠片もない。地球人に必要なのは民衆の「自由」じゃなくて「自立」だと思う。家族、地域社会の絆は喪失。自分が何とか面白おかしくやっていければいい。「金くれ、暇くれ」と、皆が自分の権利だけを主張。「不況、不況」とぼやきながらも、もっと楽をしたい。人よりいい格好したい。無駄遣いを止める気もない。さて、そんな考えがこの小さな惑星で後何年通用するのだろうか？　怠惰なわがままは個性とは呼べないのでは？　のっぴきならない現実の中で自らが切磋琢磨（魂を磨くこと）してこそ、社会に貢献する個性が生まれるのではないか？

二十世紀は清濁併せ飲んで「アメリカの世紀」だった。現在「世界の警察（世界を制御する軍事国家）」を標榜し、他国を踏み台にした軍需景気に頼るアメリカ合衆国は、前世紀初頭と同じ過ちを犯しているように思える。九十年前の世界恐慌は、世界中に多くの不安材料があったにも拘らず、米国民の誰もが予想し得なかった。甘い見通しの結果、もしウォール街で株が暴落すれば、各国の株も直ちに追随する。そしてそれは国際社会に深刻な打撃を与えるだけでなく、最悪の場合、国際紛争の引き金にもなりかねない。いや、もしアメリカの長期的プロジェクトが「各世界大戦」だとしたら？　現在のインターネット社会において情報伝播の速やかさたるや、百年前の比ではないはずだ。経済だけではない。環境問題も当然ボーダレス。これほど国際化が進んだ今、各国民の意識と政治が旧態依然としていては、世界は破局的状況に陥ることだろう。軍事大国も発展途上国も、自国のみの繁栄を望むのではなく、地球人類が一緒に幸福になる道を探るしかないと思う。つまり相互理解と国際協力である。今やネット社会。それは絶対に可能だ。そのためには我々一人ひとりが、ネットを操れる能力……人類愛に目覚めることが不可欠である。宗教とは本来そのように『神』から自立した『宇宙』の教えだと思う。ロンドンのロックバンド「イエス」の最高傑作アルバムのコンセプトは、「この惑星、壊れ物につき、取扱注意！」

神秘的感性は人類に普遍的なものだろう。とは言うものの、宗教を育むのは風土と文化だ。信仰形態が地域によって異なるのは、至極当然である。つまり一つの宇宙を別々の角度から拝んでいるに過ぎないのだが、「愛は盲目」という宗教の性格上、のめり込むほどに他が見えなくなる。「パラレルワールド」とも考えられる。更に原理主義、独善性を帯び排他的になって、カルト（ファナティック）教団という逆説的宗教まで誕生することになるのだ。彼らは宗教家を人一倍標榜しながら、テロや侵略戦争まで平気で行う。どんなに純粋に礼拝しても隣人を傷害してしまっては、誰が見ても宗教家失格だろう（密教的に言うと、人間は仲良く寛いでいる時、菩薩になっている）。そこでまさに地球に足の着いた信仰態度が求められるのだろう。

「現実の大地を踏みしめ、理想の天を仰ぐ」

若き日に、先達に伺った教えである。

神秘体験と現実体験、換言すれば宇宙への愛と人類愛の両立。秀逸な思想体系は霊峰富士のように、遥か孤独な高みを極めた頂上と広い裾野を併せ持つ。個性と協調の共存、胎蔵界曼荼羅の世界である。現在我国は宗教不毛の地のように俯瞰できるが、空海の驚異的な宇宙感覚が生み出した、日本密教の寛大かつ冷徹なスタンスが、異宗教理解の鍵になるように私には思える。二十一世紀、魂の救済と成長を模索する世界中の宗教は、互いの個性を容認し合いながら、人類共通の祈りへ向かってほしいと祈念する。

後悔先に立たず……日々の感謝

無意識のうちに息を吸って、吐き、欲望のままに飲み食いして眠る。すると宇宙から授かった霊肉は、自動的に必要なものを分解吸収し、不必要なものを排泄してくれる。頼んでもないのに、それぞれの臓器が、一つひとつの細胞が、自分の役割、手を抜くことなくやってくれているのだ。これは健康人にとっては当たり前のこと。しかしひとたび病気になれば、息ができない、食事ができない、おしっこが出ない、眠れないということになってしまい、私たちのわがままな心は人を怨み、自らの運命を呪い、絶望の淵に落ちることになる。一病息災、病気になってはじめて健康のありがたさ、身体のすばらしさが分かるものだ。我々医師は、人様の病を学ばせていただくのだから実にありがたいものだ。しかし「医者の不養生」悟った時には既に手後れ、取り返しのつかないこともある。正に「後悔先に立たず」「後の祭り」

私たちは、様々な欲望の赴くままに不摂生を繰り返す。そして健康を失ってから深く後悔する。だが幸い回復して症状がなくなれば喉元過ぎれば何とやらで、不健康な生活に逆戻り。分かっちゃいるけど止められない。自虐、自傷と言われても仕方がない。これが業（カルマ）の成せるわざか、苦痛がまた新たな業を生む。これではいつまでたっても輪廻（りんね）転生（てんしょう）から解脱することはできない。お釈迦さまが「苦行」を禁止されるゆえんだ。仏道修行でも人生修行でも苦しんじゃだめだと説かれる。

自分の肉体の細胞たちが、文字どおり必死にがんばっていることを思えば、不健康なことばかりできないはずだ。自分を大切にする心が芽生えれば、自らの肉体、他の人々、動物、一木一草、生物ではない石ころに至るまで、自分のわがままな心以外のすべてが、けなげで愛（いと）おしく哀れに感じられてくる。これを仏教では『慈悲』と言う。「慈しみ、大切にする。他の悲しみに共鳴共感する」「お蔭さまで生かされている」という菩薩の気持ちである。

生きているのだから欲求、不平不満はあって当たり前。さあ、それはそれとして、今現在、この場でのあるがままに感謝しよう！　生きている自分の肉体や、生かしてくれているすべての地球環境に、「私」の内と外の宇宙に日々感謝して生きていけば、結果がどうであれ後悔することはありえない。その感謝が人生の苦痛を和らげ、病を癒す。健やかに涅しく美しく老いて、安らかな涅槃を迎える。更に意識は前向きになり、より明るい未来が開けてくることだろう。感謝は人生を快適に生きるための仏さまの智慧だ。当たり前のことに感謝する、この瞬間、現状に満足して、感謝することがいかに大切かという教えである。

後輩教育

警察の不祥事と少年犯罪が後を絶たない。政官業腐敗、危機管理能力の低下と犯罪の低年齢化は、かつて世界に誇った日本の治安も確実に悪化しつつあることを示している。このままでは近い将来、通りを安全に歩けず、暴動が多発する国にさえなりかねない。巨大カルト教団が憲法を蹴散らして政権の一翼を担い、政府首脳が宣伝右翼ばりの幼稚な歴史観・世界観を露呈する御時世だから、さもありなんというところだろうか？　いやはや末法の感を禁じ得ない。

少年の凶悪犯罪は勿論今に始まったことではない。しかしその動機・内容が随分変わってきた。昔は貧しさ、基本的欲望や復讐で人を傷つけたが今は違う。客観的には金も充分すぎるほど足りているし、被害者に対する怨恨も明らかでなく、とても共感に値しない。さしたる理由もない衝動的なものや、殺人目的の殺人、正にゲーム感覚、快楽追求の犯罪が多い。民主主義のフェアプレーは欧米に真似られないのに、ファッション同様、犯罪は確実にアメリカンナイズされてきた。

子供は大人のことを細部まで観察しているし、それを真似ようとする。それは「学び」の語源と言われる。「病的な」を通り越えて「病気の」若者を育成したのは、我々今時の大人、取り分け最大の責任者は、教員よりも家庭の両親・保護者であろう。核家族化、少子化の上に、かつて地域住民が集った神社仏閣は法人化無機質化。地域社会は疎遠になる。「疎外された個人」が街に溢れる。子供たちの師匠は親しかいない。その親が、凡そ理智教育、文化伝承の手本とは程遠いコントのような生き様を見せ、学歴本位の教育は他人任せで、刺激的なファースト・フード食わせてファミコンを買い与える。役に立ちそうもない学問の偏差値が高いだけの青白い中年太りの子供、今の少年少女たちは親の造り出したサイボーグである。子供に期待をかけて金品を投資するならまだしも、親の教育までもがゲーム感覚。それが親の愛だと履き違える。従って、いつまでも子離れできないし、子供の人格を信頼、尊重することもない。親の責任は、産んで金を与えるだけで十分果たされるのか？　女性の社会進出は大いに結構だが、「家内」、「奥」が留守になると、いささか古い言葉だが「鍵っ子」が外食し、一人遊びする。現実との生ける接触の喪失である。男女平等に働いていている母親にしてみれば家事、子育てに非協力的な父親に対する愚痴が出る。内助の功どころか家庭内権力闘争発生。子供はその修羅場で育つ。

思想家の立場で考えてみよう。我々の「生命エネルギー（気）」は、睡眠や瞑想状態によって高次の自分から自らの内面に供給される。一方我々には、直接或いはメディアを介しての人間関係の中で、殆ど無意識にエネルギーの受け渡しをしている。生命同士を結ぶ、五感を超えた超科学的あるいはスピリチュアルな情報伝達系が存在すると思う。これを通して人間関係のトラブルも、また共感共鳴も生じる。家族も例外ではない。親は子を猫可愛がりして期待をかけること（過保護・過干渉）で、子供のエネルギーを奪っているのに気づかない。親子がいつまでも自立できない。相手に鬱陶しがられるようでは、残念ながら略奪が始まっている。子供は本能的、反射的に自己防衛し逃避する。親が自らの意に反して子供たちを追いつめた結果、悲惨なサイコドラマが演じられる。このように少年犯罪の原因は、「窮鼠猫を噛む」の喩え通りだ。「真実の愛」とは、自分の豊富な生命エネルギーを惜しげもなく相手に注ぐことであり、決して要求し略奪することではない。ましてそれは金品で代償できるものでもない。そして「誠意」は必ず相手に伝わる。トラウマの原因は何も虐待ばかりではない。子供にとって大人から愛を貰えないこと自体トラウマなのだ。

社会は過保護な母親のようには、自分を評価してくれないし美味しい物も与えてくれない。理不尽で不可解な環境には、疎外感、孤独感が生じ、自信が持てるはずもない。何事においても意欲が湧かない。生き甲斐もなければ夢もない。あるのは、ゲームでインプットされたヴァーチャル・リアリティーの幻覚妄想ファントムで生きるしかない。社会や自分自身に対して募る不平不満が、劣悪食品による肉体の栄養失調とあいまって、キレる。至極当然の社会病理である。火ぶたが切られれば、攻撃の連鎖が始まる。

今のデジタル世代は、毅然としない生き方に妙に開き直った自信を持っているかに見える。それは偏差値官僚・政治家および企業家が既得権保護のために、子供の教育上すこぶる宜しくない前例を積み重ねる姿に他ならない。私自身、子育ての経験もないのにこのような教育論などおこがましい限りだが、今後も若者たちの先輩として彼らとともに学び、反省・自戒を繰り返すしかない。次代を担う青少年の煩悶、迷走する魂と何とか共感できるよう行動したいものだ。それが、私のみすぼらしいが、魂込めた「遺産」である。

御本尊のお言葉

以下は私が行法中に感得した宇宙の言葉である。

『全ての過程は旅。虚しく無駄に思える努力も、到達への尊い一歩一歩だ』

『極楽浄土の果実は、万人に平等に与えられている。ただそれを口にしさえすればよいのだ。そうするか否かは、あなたの自由だ』

『遺産は石ころでも宝、子は国の宝。上手に磨けば必ず光る。病も身の内、自らの財産。病と闘うのではなく、魂のかたちを変えれば肉体のかたちは変わる』

『当たり前のことに懺悔（さんげ）・感謝する者が、宇宙の加護を受け、自らの人生に勝利する』

『人が徒党を組んだ瞬間、排他と裏切りが始まる』

『凡夫のような駆け引きなしに、仏は無条件で衆生を救済する。しかし悲しいかな、衆生はしばしばそれを拒絶する。ひたすら唱えなさい！　次の最強の呪文を。仏の御加護があるから、私は必ず成功する』

『生きながら仏に成った肉体は、老いることも病むことも知らず、死ぬ必要さえもない。凡夫は自らの貪り、怒り、無知のために、老いて病んで死ぬ。唯一確かで重要なのは、常にとどまらず未来へ向かう「今の瞬間」の現実である。したがって「生老病死」や「輪廻転生」も幻覚に過ぎない。仏とは決して遠い存在ではなく、衆生各自に潜在する、進化した人間の本来の姿であると知りなさい』

『この世にいらんもん、あの世にいらん（この世に不必要なものは、あの世にも必要ない）』とは、ある酔っ払いの呟きである。

光と影

相反するもの、所謂「二分法」の一つだが、分断をなくす時代に深く考察してみよう。陰陽道の基礎になる道教（老荘思想）の根源の陰陽、ヘーゲルの弁証法、森田正馬（まさたけ）先生の説く『両面観』また西田幾多郎の『絶対矛盾的自己同一』（『善の研究』は高校時代に学んだ）にも通ずると考えられるが、陰陽のシンボルマーク『太極図』は単なる表裏にあらず、光と闇の作用と反作用である。白と黒の二つ巴の相互補完で生ずる円、我々の細胞核か？地球か天球か？　陰陽の巴それぞれに目があるが、寛容なバランス感覚を表現し、極端な完全主義を戒めていると言えよう。例えれば、光があるからできる影、漆黒の夜陰でこそ輝く満天の星。テーゼ（正）とアンチテーゼ（反）の対立をアウフヘーベン（止揚）し、高次元のジンテーゼ（合）を生む。すると正反の対立、闘争は生みの苦しみとなる。『正義』は裸の王様。一党独裁国家、イエスマンで固めた政府・企業。何れも進化することなく自壊する。裸の王様同士結託し、反体制が出現すれば速やかに弾圧する。

『夜空の星』加山雄三さんの若き日の名曲である。宇宙とロマン。銀河を挟んで見つめあう、こと座のベガとわし座のアルタイル、二人を包む金銀砂子、トラディショナルソング『七夕』を連想しても、稀有なる理系アーティストの加山さんにお叱りを受けることはあるまい。虚弱児だった私は映画好きの祖父と母のおかげで、加山雄三さんとジェームズ・ボンドに憧れて格物致知（マルチ）を目指し、何とか外科医、ミュージシャン、そしてラガーマン（格闘家）をかじり続け、それらの端くれになれた。

さて、物質世界にも、精神世界（意識世界）にも、光と闇はある。ホワイト&ブラック。光は愛と慈悲、自他ともに光を与え慈しみ生命を育む美しいポジティブパワー、闇は禍々しい悪意と破壊、自他ともに苛まれる醜いネガティブパワーである。中東ないし欧米の宗教では『神』と『悪魔』という極端な設定をしているのは周知の事実だ。光同士引き寄せあい、闇同士引き寄せあい集団形成する。

選ばれし者の正義と、それに組さない者との差別、悲しいかな人は優越感と憎しみのループに嵌る。

善悪は、幻覚妄想か、差別化方便でのギミック。いずれにせよ、空であり実体はない。

東洋の仏教、道教では、『中道』を行き陰陽全体を俯瞰し、陰陽あるがままにありがたくそのまま頂く。これを『諦める』という。決して投げやりになることにあらず、明らかに正しく観て真理を受容する。これを『自由自在』ともいう。

四苦と欲

私、数年前に大病を得た。死亡率八割の危険をお蔭さまで人生数度目の臨死体験で凌げた。

しかし、老いた病の苦痛はそれから始まった。急性期を乗り越えた者には、回復期の試練が待っている。高齢者の宿痾（しゅくあ）の合宿で、絶望的な修行の日々が続いた。そこでの私を含めた老いた群像の人間模様は、面白くもあり大変勉強になった。簡単に総括してみよう。

先ず優等生の頑張り屋さんは、圧倒的に男子より女子（おばあちゃん）である。高校生と何ら変わりないね。それは病院スタッフの皆さんも同意見であった。みんな一日も早く機能回復して、放置してきた家事に従事したいのだ。掃除洗濯炊事のことを異口同音に語っていた。男子が文句を言う明らかに糖質に偏った栄養失調の給食も、おばあちゃんたちは、「上げ膳据え膳でありがたいこっちゃ！」とのたまっていた。まさに『女将さん』たちである。この場合家庭、ご近所の社会貢献欲が勝っているといえよう。

それに対して男子は、旨いものが食いたい。酒が飲みたい。病院スタッフの若い女子の下ネタ多く。夜逃げする猛者も数名いた。しかし、農家は田んぼを心配し、漁師は息子に任せた船の心配をしていた。人間枯れてくると、承認欲求は残るにせよ、社会貢献欲が、基本的欲望に勝ると痛感した。

私は、ジジイの中で最年少クラスのせいか、早く飲食に出かけたい一心のリハビリであった。結果、日中堂々と脱獄した。ただ、医師としての仕事は何ができるかも考えていた。そして脱獄後一年足らずで隻腕での職場復帰を強行した。その時の欲望は、時代劇『赤ひげ』のセリフを引用させていただく。

「患者の笑顔を見ること、それがワシの欲じゃ！」

ワシの社会貢献欲じゃ！　龍祭

勿論、杖を振り回しながら酒場にも復帰したよ。ラガーマンの成れの果てだ。

自愛

「人生の目的は自分を愛することである」

などと聞くと、洋の東西を問わず封建的な道徳に慣れ親しんだ者は，きっと不謹慎な印象を持つに違いない。それが個人の社会的利権を封殺しようとするからだ。『自愛』とは儒学を除く東洋哲学、就中（なかんずく）仏教においては、『自己陶酔症（ナルシシズム）』のように盲目的な自画自賛を意味するのではなく、自分を理解しあるがままに容認する、つまり劣悪と思われる部分も含めて、まるごと愛してやることである。それは畢竟（ひっきょう）、

「社会的個性や役割に誇りを持ち、そんな自分を大切にする」

ことになる。これが御仏の教えであり、曼荼羅の智慧なのだ。

肉親、配偶者や友人と離別しても、自分とだけは一生ないし未来永劫（えいごう）付き合わなければならない。当然のことながら、自分が一番よく自分の真実の秘史を俯瞰できるし現状を主観的には把握しているはずだ。しかし我々はそれを認めたがらない。それは理想とかけ離れた現実から目を逸らしたいがためである。

諸悪の根源は自己嫌悪だと私は思う。過去の人間関係に培われた被害妄想と完全主義が自愛を妨げ、その結果、自他ともに傷つけるのだ。自分を愛せない者が他者を愛することなどできないのではないだろうか。自愛がないものだから、その代償に人に愛されたいなどと無理なことを願うようになる。両面観が説くように、矜持と劣等感は表裏一体。虚勢を張り、あるいは奇を衒う。人目を気にする人間は、実は自分のことが恥ずかしく思え、不安に駆られ仕方がないのだ。

自分に優しくなれれば周りに対しても寛容になり、結果、人生は劇的に改善するだろう。自慢する必要もないし、また卑下する必要もない。躁的に名誉も求めず、鬱的に世を儚む（はかな）こともない。自他の不満な部分と戦うのを止めて、ただ自らの魂が心地よい方向に高く広がるに任せる。自分勝手と自愛、実は正反対。つまり、人生を自分で仕切ろうとせずに、宇宙に降伏しその意志に委ねる。すると執着（しゅうぢゃく）は収束に向かうはずだ。我々が悟りを得て輪廻転生から解脱するためには、かけがえのない自分を愛するしかない。人生修行の成否は、偏にこの点にかかっていると思う老境である。

自他合一の宇宙観……自分と自然を大切にするものの考え方

人は星空や大自然に触れるとき、あるいは日常生活で大失敗をしでかしたとき、ちっぽけな自分の存在を痛感してしまうものである。

しかし当然のことながら、自分と自分を取り巻く環境（共同体サンガ）が両方健全に揃って、この大宇宙を構成している。ジグソーパズルを想起してもらいたい。たった一つのピースが欠ければ世界的な巨大遺産も成立しないではないか？　つまり自他どちらを欠いても、宇宙は成り立たないのだ。

南無……。とは「俎板（まないた）の上の鯉」と師匠に教えられた。

悪あがきせず神仏にすべてを委ねる。東西を問わぬ原始信仰である。仏教では浄土教として現存している。原始の原人ならそれで足りた。しかし旧約聖書で言えば、エデンの園で爬虫類に勧められた禁断の果実を口にした新しい人類は『自我』自立性と社会性という知恵の欲に目覚める。易行のみでは複雑な思考回路、教養が邪魔して、物足りない。向上心に基づく自主努力、難行苦行も厭わず、原初の宗教的価値観の一部は、自然科学と身体能力に取って代わられる。

そこで、

人事を盡して天命を待つ。

天は自ら助くるものを助く。

という折衷案が生まれるのだ。

自力だけでは無理、他力のみでは各人生の個性はどうなる？　この生身と実生活のままに如来になれたら、自他力不二の密教パワーが生まれる。今風に言えば、

「パラレルワールドへのアセンション」

となろうか？　マクロコスモス（大宇宙）とミクロコスモス（自分の内なる精神世界）の加持感応（合体）が曼陀羅の密教観法である。我々一人ひとりは大いなる存在を構成するかけがえのないユニット。それぞれのユニットが潜在能力に目覚め個性的に輝けば、美しい星空、そして地球は更にその輝きを増すことだろう。

宗教アレルギー

クリスマスはもはや我が国の国民的行事である。我々日本人の多くがクリスマスを祝う。しかもそのうちのほとんどが、クリスチャンでもなければキリストの生誕を祝っているわけでもない。それは天皇誕生日や紀元節（建国記念日）を国民の祝日とするのに似ている。一体全体何を祝っているのか、当の本人にもよくわからない。祭り好きなだけで、むしろそんなことはどうでもよいのである。厳格な宗教とマジにお付き合いするのはかなりヤバそうだから、怪しい宗教団体にうっかり帰属し、インチキ占い師に帰依する。現代日本人の多くが無宗教、強引に言えば「宗教アレルギー」だと思う。

これは医師を受診せずに、薬剤師薬局、柔道整復師や、日本では無資格のカイロプラクティシャンを優先するという奇妙な傾向に酷似する。医師や伝統宗教家などのプロが無能な証かもしれない。

キリスト教、イスラム教、ユダヤ教、ヒンドゥー教、小乗仏教、チベット密教、少数民族の原始シャーマニズム……。我が日本国と「宗教は麻薬だ」として排斥する共産主義諸国以外は、地球上のほとんどの人々が何らかの敬虔な信仰を持っている。日本人が宗教アレルギーに罹患したのは、おそらく明治期以後の国家神道が原因だろう。そのお蔭で我々は多くの貴重な文化遺産を失った「廃仏毀釈」ばかりでなく、「聖戦」に敗れ亡国の危機に瀕した。その歴史的恐怖体験がトラウマとなり、宗教を我々から遠ざけたと言ってもあながち誤りではないだろう。しかし建前は無宗教でも、内在する神秘的欲求が時々頭をもたげて、占い大好きで、カルト教団の罠にはまりやすい。国民が宗教アレルギーで伝統宗教の脇が甘いから、危険な新興宗教が大活躍する。皮肉な現象である。

ヒトも他の動植物同様、死ぬまでに次の世代を遺さねばならない。子を生んで育てながら、この世界で独り立ちできる生活の智慧を伝承する。人間特有のＤＮＡ塩基配列が生み出す智慧は、科学と文化である。そして文化の中の直感的要素が宗教と芸術だ。直感的感性と哲学的思惟は地球人類の普遍的な能力で、死生観や宇宙観は各宗教共通のテーマのはず。情操を欠いた物質文明は、若い世代の心を荒廃させて、無軌道に破滅の道を突き進むしかない。私の亡父は「自然科学を極めると宗教に到達する」というのが口癖だった。私はそれを継承した。いくら無宗教を標榜し科学を信奉したところで、宇宙の精妙や精神の深淵を征服することはかないそうもない。最新科学も万能ではなく、またそれを我々が完全に制御しているとはとても言えない。サイバー事故や原発事故がいい例だ。人間個々の宗教観を捨ててしまっては、宇宙つまり環境からも内面からも疎外されるに違いない。

昔、生物学の恩師にこんなお話を伺ったことがある。動物学者が野生のチンパンジーの集団の観察をしているときに、ある個体がたった一頭で丘の上にしゃがみこんで、沈みゆく夕陽を静かに眺めていた。もしかするとその時その類人猿は詩人つまりヒトになりかけていたのかもしれない。人が人たる所以、つまり人間の証明は、宗教や芸術に見られるような感性と創造性に見出されるのだろう。野生の掟を守れない人間が地球環境で生きていくためには、暴走を相互抑制する理性と智性、つまり科学と宗教の両輪が不可欠である。それが日本密教の祖、空海の説く両界曼荼羅の智慧ではないか？　宗教アレルギーの日本人が、宇宙から孤立して、情操を捨てた「教養のあるサル」に退化しないことを祈るばかりである。合掌。

宗教戦争　９・１１米同時多発テロ事件の回想

旅客機がビルに吸い込まれ摩天楼が崩落する。ハリウッド映画かと見紛うほどの鮮明な映像が、我が家のおんぼろテレビに現れた。今もってあれは悪趣味な映画であってほしいと思う。私の親友は、当日もトレードセンター勤務が時間差で奇跡的に難を免れた。犠牲者が数千人単位、これはもう事件と言うより戦争だ。アメリカの陰謀説が囁かれるのも、彼らの歴史的お家芸であるから仕方あるまい。前述のカメラアングルが完璧劇的なのも怪しい。以後はイスラム圏への報復攻撃も始まり、絵に描いたように正義感と憎しみの連鎖が、巨額の軍事マネーと共に運ばれていく。首すげ替えの度、ニクソンやブッシュを史上最悪の大統領と、彼らは自らプロパガンダするが、実は自由、公正に乏しいアメリカにまともな候補が擁立されるわけはない。巧妙に制御された民主主義の恐怖である。

アメリカのマスコミの一部は、この事件の卑劣さを語るとき、その卑怯さを歴史になぞらえようと、日本の真珠湾攻撃を引き合いに出した。戦争の大義名分を作るために、狡猾に予測し罠にはめたという意味なら「盗人猛々しい」話だ。わが国もアメリカが赤子の手を捻るように罠にはめた国のひとつに過ぎないということか？

明治維新前夜、わが国は欧米列強の手に落ちた。それを明治期以降に、米国は実に狡猾に独占するのだ。

真珠湾事件の場合は太平洋で単一日本と戦争すればよかったが、今回は原理主義過激派限定と言っても、イスラム社会全体を敵に廻しかねない。全身に転移した癌組織にメスを入れるが如く、かなり絶望的な戦争である。アフガニスタンのタリバン政権がとりあえず選ばれて叩かれるようだが、私に言わせればその根拠はバーミアンの石仏破壊の仏罰に過ぎない非合理に思われる。

当時の日本政府も当然「アメリカに対し出来ることはなんでもする」と何とも勇敢な声明を発表する。それは「軍事同盟の平和国家日本も金を出して、丸腰でもテロの標的にくらいはなれるよ」としか聞こえない。かつてバーコード宰相が男芸者らしく、「日本をアメリカの不沈空母にする」とのたまったが、その継承であろう。同じ意思表示でも「各国の戦争犯罪はとりあえずさておき、多数の邦人が犠牲になったので日本も毅然とした態度をとる」とでも、日本同様敗戦したゲルマン人のように言ってもらえたら、わが同胞の菩提を弔えたことだろうに。湾岸戦争時、我が国は多国籍軍に多額の血税を供出した。にもかかわらず、クウェートが感謝の意を表した碑文の中に「日本」の文字はないらしい。「我が国は平和国家だぞ。武器代を払うからご自由に殺し合いしてくださいな」では敵味方に嫌われよう。金と奇麗事だけでは、諸外国から「拝金主義の国」としか評価されないに違いない。ある意味、見栄え良く振る舞うのも国家国民のためではないか？

イスラムの教えは中東の過酷な乾燥地帯で侵略の中で生まれ育った。我々バラモン教系の、毎日草刈を欠かせないような潤沢な生育風土とは明らかに異質である。「コーランと剣」の教えが内包する革命的攻撃性は、貧しき民の絶対神による救済目的から生まれている点で、かつて我が国の寒村に多発した『一向一揆』を連想させ、私には理解できないわけでは決してない。そこにド派手なカリスマが出現したとき、追い詰められ、凝縮した民衆の暴力が、聖戦ジハードとして開放される。不毛の砂漠の地下に埋蔵される化石燃料、巨万の富を独占しようとする歴代列強とそれに群がる日本とチャイナなどの経済大国。まさに花火大会を控える火薬庫のような危険性だ。さらにはユダヤとの歴史的怨念がそれに断続的に点火する。その状況の複雑さたるや、遥か極東の島国日本の民の肌が理解できようわけがない。地政学的に恵まれた我が国が当面平安に胡坐（あぐら）をかけるわけである。

イスラム社会になぜここまで憎まれるのか？　火のないところに煙立たず。

「おめえがイスラエルの銭で死の商人に魂売ってんだろ？　面白いからもっと仲間内で殺しあえよ」

ユーラシア大陸の神と悪魔の声が聞こえてきそうだ。

アメリカは自らに問う必要がある。煩雑なイスラエル問題はさておき、アメリカは中東でこの半世紀、石油の利権がらみの戦争を繰り返してきた。その度に産油国の貧富の差は広がり、数多くのテロリストを輩出する結果となって……。この上さらに虚ろな戦いを積み重ねるしかない軍産共同体が統治する巨大軍事国家。

多国籍軍側から、イスラム攻撃には『十字軍』という言葉まで飛び出す始末だった。イスラム教とキリスト教の世界大戦にするつもりなのだろう。「心貧しき者たちだ」とはマザー・テレサの言葉だった。人類の歴史を振り返ると、大宗教の犠牲になった人が、それにより救われた人より遥かに多いように思える。我が国も『国家神道』を八紘一宇に暴走させた苦い経験を持つが、今もって国家的総括および自己反省全くなし。

宗教の普遍性と特殊性。前者は絶対不二の神秘大宇宙の自心深層、意識による認識であり、後者はそれぞれの風土、歴史が創造する文化である。その属性（パーソナリティー）を充分踏まえながら、人類共通の祈りの本質を学ぶことが、国際人としてのこれからの思想家の努めといえよう。旧態依然としたカルト組織の中で麻薬的自己陶酔に終始するか、真摯な自己変革により自らの魂を練成、成熟させるか、我々地球人は今まさに大宇宙に問われていると私は痛感する。

日米は極東と極西。仏教では地の果てを「金輪際」という。世界中から太平洋に向かって累積的に到来した優秀な負け犬集団。その意味で人類の真価を問われる戦いが太平洋戦争だったのかもしれない。近代人類史上最強の敗者復活戦！

しかし実は大いなる八百長だった。日本人だけでさえ三〇〇万人失った無為な戦、それはアメリカが、あるいはそれさえも牛耳る世界経済犯罪組織が、必要のない戦争を維新から一〇〇年かけて日本に強いたのではないか？　ドイツもしかり。極寒の大国ロシアは地の果て太平洋に連動したのだ。

戦争で大勝したアメリカ人は、今の日本人以上に、魂および精神的な自由を束縛されているようで。実に気の毒である。集会結社の自由、それはアメリカにない。二大政党しかない。労組も禁止だ。地球語はこれを『帝国』と言う。国内外の密告システムとスパイの横行である。民主主義を標榜した、集会結社の出来レース、それは日本のお家芸。日米いずれも猿芝居だが、読者はどちらを贔屓されるか？

私もこの理不尽な事実を学び、我が祖国に僅かな貢献をしたいと思う。

アメリカの事件直後の彼岸、殺伐たる情動を曳航しつつ四国の田園地帯を車で走った。どこもかしこも黄金色の瑞穂が頭(こうべ)を垂れ、そのあちらこちらに八百万の神、石仏を祀る祠が点在する。人々はユーラシア大陸より持ち寄った神仏を大切にしているのだ。

僅か半世紀前、諸問題で壊滅したこの国の、今の安穏な豊かさはどうだろう。戦乱もなければ飢えも顕在化するほどではない。深刻な不況と呟きながら陰でこっそり努力する。各業界、名人だらけだ。勤勉の継承失敗？　何の、何の！　極東の知力は継承されそうだ。これには癒された！　そこで一句。

豊穣の田畑を分かつ曼珠沙華　龍祭

十勝の風景

北国との出会い

私はなぜか、小児期から北海道に憧れ、根拠のない親近感を持った。それに神秘的な根拠を求めることに何ら抵抗を覚えない私がいるのだ。

私を現実に最初に魅了したのは唐松の防風林だった。ゴールデン・ウィーク明け、帯広空港に降り立つ飛行機から初めて目にした北の大地に、私は衝撃的に魅了されたのである。猫の額のような田畑に人生をかける環境に生まれ育った自分には、あまりに広大かつ無神経な農場。これは到底異国としか思えない。見るからに鼻を突くほど肥えた黒土と、牧草と苗の幼い緑を、エゾリスの尻尾のようにフワフワした唐松たちが見事に区画している。瞬時にして先人開拓者の過酷すぎる犠牲的努力を知りえた。そのお蔭で北海道は今や植物の王国だ。針葉樹林が人や動物にエネルギーを与える生態系、折々の花が短く慌ただしい夏の時を告げてくれるのである。

春の雪

風はまだまだ冷たく連日ストーブを焚く。この頃には雪が舞い、重い積雪が、木々の枝を折る冬にはありえない悪さをしでかすこともしばしばである。それは年によればゴールデン・ウィークまで続く。

まもなく桜の季節が北国にも到来し、ソメイヨシノよりもかなり濃いピンク色のエゾヤマザクラが開花する。枝振りは悪く竹箒を広げたようで、桃のような花弁の色と褐色の若葉の鈍いコントラストが、ヤマト人の興を削いでしまう。逆に野中にポツンとたたずんでいて、あの『北国の春』にも唄われるコブシの花の白さが我々ヤマト人の目に染むのだ。雪割草や湿原の水芭蕉に出くわす時期もこの頃。白……我々ヤマト人の故郷は「白」を基調にしているのかもしれない。

至福の初夏

やがて花々は野生のルピナス、マーガレットの群生へと変化し、蝦夷梅雨（えぞつゆ）の頃には街路樹のニセアカシヤが白い花をつける（少なくとも私の経験では「北海道に梅雨がない」というのは大嘘）。中でも上士幌町などのルピナスの群生は壮観で、パステルカラーの洪水にはサイケデリックな眩暈さえ覚える。

そんなある日、帯広駅近くにある私のアパート駐車場にエゾリスが姿を見せた。どうやら近くのポプラの老木に巣があるらしく、人なれしていて近寄っても逃げようとはしない。しかし、よくよく見ると脇腹から腰にかけて外傷痕があるようだ。この辺りには、近隣札内川に営巣するキタキツネも時折出没する。北海道の「文明と自然の共存の実践」は素晴らしいのだが、彼等が輪禍を免れることを願うばかりである。

豊頃町名物の樹齢一〇〇年は越そうかというハルニレの巨木の下にひとり寝転がって、枝の間を高速で流れる雲を見ていた。子供の頃、ブルーコメッツの『北国の二人』を聞いて憧れた北国の風景。これぞ人生至福の時！　すると真上の梢にカッコウがいたのだ。しばらく鳴いてから遠くの木へと羽ばたいていった。

初夏の十勝晴れの日、スズランの写真撮影に出掛けた。広大な平野全体が緑色でキラキラしている。柏林（はくりん）の足元は一面スズランの絨毯で、芳香を放つ白い小さな花がそよ風になびくたび精妙な音が聞こえてくる。スズランにまじってベニスズランやノハナショウブがひっそりと咲いている。圧巻だ。私は幸運にも、福寿草が雪を割って咲くのを見た。

私一押しの湧洞湖などの海岸に出ると、ノハナショウブの紫の群生が見られる。それが真っ赤なハマナス（正しくはハマナシ）に取って変わると十勝にも束の間の夏がやってくる。しかしハマナスは、一度に開化せず時間差を付ける狡猾な知恵を具えている。私はハマリンドウの「か弱さ」の方が好きだ。

壮大なファーム一面に、男爵やメイクイン、また蕎麦の花が咲き、町にサルビア街道が出来上がると北国の盛夏である。

夏の光

道東の夏の光は過剰だ。それはかの地の生命が切望するせいなのか、オゾン層が薄いせいなのか、いずれにせよ内地の人間には際立って見える。特殊な光線が草木の葉やひび割れたアスファルトに染み入って表面の薄い蝋にまつわりつく。そしてそこで複雑に反射しながら見るものを幻惑する。南国のように草の湿気た匂いが鼻を衝くことがないのに息苦しくなる。あろうことか、肌は爽やかなのに視覚だけがギトギトと脂ぎっているのだ。水彩画は存在しえない。ベニヤ板に油彩絵具てんこ盛り。まさに天才農民画家神田日勝の光のデフォルメ。かつて南仏でゴッホが味わった狂気と大差はなさそうだ。このデフォルメが十勝の夏の色彩であり、九月いっぱい消えることはない。

黄金の秋

短い夏が通り過ぎ、ナナカマドの赤い実を目にするともう秋。草木が色付き、十勝全体が黄金色に輝く季節がやってくる。十勝の黄金は、夏の小麦のうねりを起こし、唐松の成熟に至って秋を完成させるのだ。

ただ極寒のこの地にも、熱帯外来植物セイタカアワダチキリンソウの毒々しい魔の手が押し寄せてしまったのは残念の極みである。怪物は進化しているのだ。近い将来、十勝の黄金が、黄色い悪魔にとって変わられないように祈るばかりである。

凍れる冬

不思議なことに十勝には毎年クリスマスに、まとまった冷たい雪が降る。ナポレオン、ヒトラーを打ち負かしたロシア正教の冬将軍の到来である。ホワイト・クリスマスに根雪が付いてから長い約三か月間、町も山も湖も覆い尽くした「ぶ厚い」氷。一点の曇りもない十勝晴れと、横殴りアスピリンスノー地吹雪。この静と動の対比。月光に照らし出されたクリスマス・カードのようなサイレント・ナイト、猛り狂う地吹雪はあたかもサルバドル・ダリの妖精のようにアスファルトを舞うのである。

寒いというより、刺すように冷たい世界……。人も車もスリップ、クラッシュ！！　白い悪魔の住む、どこまでもプラチナの世界には、巨大な道産子が鼻息も荒く駆けるのだ。

春望

「国破れて山河あり」

ほころびかけた花をぼんやり眺めていると杜甫の詩が浮かんだ。

世界を長年牛耳る一握りの闇の財閥にとっては、自ら悲願の祖国建国さえも金銭のためにに他ならない。

アメリカは日本や東南アジアを軍産共同体で恐喝することで、八十年代の失政・不況を何とか脱した。これは何も真新しいことではない。彼ら建国以来の闇の国際財閥の指示通りである。

『核の傘』『地位協定』『思いやり予算』

我が国は畏れ敬う永久占領国アメリカにせっせと貢がざるを得ない。そして、日本の泡銭（あぶくぜに）をたっぷりと吸収したアメリカ経済は、ウイルスに感染するかのようにバブルになる。そのアメリカのバブルも当然弾けて再び不況になり、日本を始め世界経済にその悪影響が波及する。下手をすれば世界恐慌になるかも知れないのは歴史のワンパターンである。

合衆国大統領は首脳会談で不満をぶちまける。「日本がしっかりしないからこうなった」と。確かに今の日本には、太平洋を越えてくる大津波を受け止める力はもう残っていないかもしれない。盗人猛々しいとはまさに核武装した列強のことである。そして大統領に叱られたふりをした日本の首相は、さしてその気もないのに「すぐに不良債権処理をやります」などと詫びる。日本の政治家は、勿論本心ではないが、外国に挨拶代わりに謝るのが代々のお仕事。ハワイ沖で、米軍原潜に日本の少年の命が多数奪われていることを訴えもせずに、強盗殺人国に頭を下げる。「男芸者」という何とも気色の悪い言葉が相応しい、今時日本の政治家連中だ。日本の国益のために毅然と働いてアメリカに潰された戦後の宰相たちのようになりたくないから、あるいは目先の小銭がほしいから、裏社会の経済人とともにぬるま湯につかって寛(くつろ)いでいる。そして首相がその場しのぎの口から出任せを言うと、日本の株価は一日だけ上がる。戦慄のボケとツッコミ、日米のブラックコントである。

アメリカは我が国や象徴天皇を利用こそすれ、困ったときに助けてやろうなどという気は毛頭ない。アメリカの肩を持った言い方をするなら、どの国も自分のことで精一杯なのだ。実はアメリカこそ影の実力者の最大の被害者かもしれない。

もしチャイナが何らかの国際紛争を犯せば、紛争当事国お互いに爆弾の在庫処理が終わった頃に、「芸者の国」日本をチャイナかロシアの植民地にすることで双方手打ち？　チャイナ人民共和国の東の端の列島「日本自治区」では、米軍完全撤収完了後人民軍進駐。天皇家は米国に亡命、パパはカジノにうつつを抜かし、巨大ダム建設、ママはウーロン茶摘み、お姉ちゃんは風俗と雑技団、僕はパンダの世話。笑えないジョークでしょ？　先代の職人芸と貯金が底をつく前に、甘えの構造を捨てて自立することを真剣に考えねば、国破れて我々もヘブライ民族の二の舞になりかねない。たとえ金が取り持つ縁にせよ、国家は運命共同体。それが国民にどれほど大きな安全と文化を提供してきたか、存亡の危機に至って思い知ってもまさに後の祭りである。

日米軍事同盟、戦略のない国と戦略しかない国、その背後には、数百年に及ぶ闇の財閥の目論見が見え隠れする。何度、春が廻っても、何処も同じ秋の夕暮れか？

女性の時代、密教の時代

世紀末超えてさらに末法の時代に踏み込んだのだろうか？　痛ましい天災人災は増す一方で、世界各地で愚かな戦火の絶える日は相変わらず見えてこない。また地球環境の悪化および核兵器を抑止する政治力は、既に絶望的にすら思える。これらは我々人類の宿痾（しゅくあ）の霊性の現出だろう。そしてそれを救済し、新しい時代の扉を開く鍵が密教的観法であると私は考えるのだ。ただし私は仏教を、哲学でこそあれ宗教だとは思ってはいない。仏教は宇宙を象徴する超人的キャラクターは登場するものの、王族の生活臭のする生々しい神々には侵略されなかったからだ。

密教の曼荼羅世界には、慈悲の仏、憤怒の明王、八百万の神、果ては妖怪変化に至るまでありとあらゆるキャラクターが描かれる。しかもそれは国際色豊かで、民族的にも政治的にもボーダーレス。中近東以西の影響を受けながらも支配されることなく、古代インドからチャイナを経て日本へ……、密教は神秘体験をしながら旅をした。人知による善悪の分別を超越して、密教はシルクロードの清濁全てを飲み込んで壮大な神秘世界を形成する。

そしてそれをそのまま我々の現実世界に投影してしまう。

「来るものは拒まず、去るものは追わず。まさに上善如水（じょうぜんみずのごとし）」

密教のこのような自由自在の発想と、大小各カルト教団の独善性とは、本来真逆の方向性を持っていると思われる。

密教の最高仏である大日如来は、宇宙の根源仏、つまり大宇宙（マクロコスモス）そのものであり、他の諸仏、神々も大日如来の変化の相に他ならない。我々の肉体や精神、一木一草、路傍の石に至るまで、崇高な如来のお姿なのだ。密教の修法は、我々の内なる大日如来（ミクロコスモス）と出会う旅である。

全てを許容し、共通の宇宙を体験することが、新しい時代の価値観を生み出すと私は信じて止まない。

さて、我々の霊性は両性具有である。つまり誰もが、男性と女性を半分ずつ持っているという意味だ。男性は創造と破壊の動的エネルギーであり、女性は調和と維持の静的エネルギー。男性は分類、差別し、排斥する。女性は共感、容認し、包括、育成する。男性の冷徹な分析力は自然科学的であり、女性の貪欲なまでの寛容性は神秘的であると言えよう。

この末法の世は、唯物論と大量生産・大量消費、そして戦争に象徴される男性社会の終焉を意味しているように思える。同時にそれは女性の時代の復権でもある（我々の霊性は、その黎明期に『女性の時代』を体験している）。我々は今こそ、自らの霊的な内面に目を向けねばならないと思うのだ。そして、

「男性的な攻撃性を鎮静させ、女性的な寛容性と統合させる」

つまり密教の説く「逞しい優しさ」を覚醒させるべきだと痛感している。

最後に一句。

夏草や根っこ踏ん張り天仰ぐ　龍祭

信仰と生活

私はネパールと不思議なご縁をいただき、密教を通じた人的な交流がある。

ネパールは実に不思議な国で、ヒンドゥー教と、仏教であるチベット密教が仲良く同居しているように思えるのだ。この二つの宗教は対照的な特徴を持っている。前者は生活空間そのものが聖域。寺院と町の間に距離のない、日常的いわば普段着の信仰。それに対して後者は日本仏教に似て、町とは結界（けっかい）された、聖域としての寺院での上下（かみしも）を付けた厳かな信仰が主になる。このような信仰の姿勢の違いは、歴史的背景、地域性、信者の社会的地位などによるようであるが、異宗教が共存できることは素晴らしい。トラブルが生じないのは、地域に根差した完成された信仰形態であると言えよう。

日本の仏教寺院によくみられる仁王門は、涅槃に至る道の出入り口、言い換えれば、聖なる道場と一般人の生活の場である娑婆（しゃば）の境目。お大師さまは在家の行者に、

「修行のため入山する時には、娑婆の肩書きを全て仁王門に置いておきなさい。そして山を下りる時には、それを忘れずに持って帰りなさいよ」

と仰る。

仏教では在家と出家という分け方をする。出家とは俗を捨て家庭を捨て僧侶になることで、生涯聖域に身を置き、厳しい戒律（婚姻・性行為の禁止、菜食など）を守り、日夜修行に励まねばならない。それでこそ民衆に「生き仏さま」「御坊さま」と尊敬される、仏教の三つの宝（仏法僧）の一つとなるのだ。本来の意味の僧侶は我が国では、絶滅に等しいだろう。僧侶の最近の定義は「プロ伝統仏教家」または「葬式仏教家」「セレモニー坊主」になりつつある。

「医者と坊主は、他人の不幸で飯を食う」

奇しくも両方の先輩に伺った何とも耳障りの悪い言葉だが、「神秘主義者の医師」と、「唯物論者の宗教家」を連想すると、まるで落語のネタである。『草枕』の冒頭に朗々と謳われる芸術家の崇高さとは随分落差がある。しかし、「素人が困ったときに、専門的リテラシーで、適切に救済する職業がプロフェッショナル」とでも換言すれば、なるほど「先生」と呼ばれるに相応しくはなる。

霊魂を認めず、その障りもご加護もないなら、贅沢華美なセレモニーの必要も疑わしい。曖昧な信仰の姿勢は、教団にとっても社会にとっても百害あって一利なしだろう。信仰とともに生活するのか否か？　信仰生活と日常生活のけじめを付けるのか否か？　ネパールの人々のように、どの宗教宗派でも、宗教家各自が信仰のスタンスを一般に向けて毅然としておく必要がありそうだ。しかし巷を見渡せば、拝金主義や、宗教戦争に顕著なごとく、その各宗教的矜持などある由もなく、各宗教が信者と共に不幸せに泣き喚く姿のなんと多いことよ。ナマステ。

心身の病

私の医院はペインクリニックにもかかわらず、心身の健康に関するさまざまな相談が寄せられる。その内容は進行癌など体の難病から心の病まで様々である。心身症やうつ病などの心の病は、肉体の病気同様誰でも罹る可能性があり、また心の問題は人生のテーマ、ひいては哲学でもある。

不安や恐怖は、人間の脳が生み出す生理現象だ。ただそれが、肉体の変調や社会生活の支障を来たすようになると病的と言わざるをえない。肉体を自動車に喩えるなら、心の病は運転手の調子が悪くなるのだから、辛く危険な状況である。一言で心の病と言っても千差万別、複雑化する社会に対応し症状も多様化を極めている。精神科や心療内科でも、様々な疾病分類とそれに応じた治療が試みられている。しかし心の病も体の難病と同様に、従来の薬物療法中心の医療の成果が決して十分とは言えないのが現状ではないか？　私は西洋医学と東洋哲学の両面から、この問題に取り組んでいる。

心の病の最大の原因は、トラウマ（心的外傷）や慢性的ストレスだが、精神世界で苦しむ人は、元々鋭敏で特殊な感性の持ち主が多いようにも思える。古来より偉大な宗教家、芸術家、科学者、アスリート……、世に天才的な業績を残した人の多くが、同様の悩みを抱えてきた。特殊な感性のために一般社会との違和感が生じ、高ずると疎外され、孤立無援のように思えて、妄想の世界に生きるといった病的な状況に陥るのは容易に想像がつく。自己嫌悪感や自責の念のため、不幸にも自傷、自殺に至ることさえある。実際の社会貢献は大きいことも多いのだから皮肉だ。

そこでその対策。まず無実の自他を罰するのを止めること。感性や価値観の個性を尊重する。そして、バイアスを極力緩和して、あるがままに受け入れ、自分も不自然に修飾せずに、あるがままに表現する。これは御仏の知恵である。

価値観が多少異なるだけで卑下する必要はない。そして妄想を無視して、現実の世界を踏みしめ生きることだ。本来不安や恐怖は、我々が身を護るための警告。それはあくまで気分にすぎず実体はない。ところがそれに捕われて振り回されると様々な幻覚妄想が生まれる。具体的な妄想対策は、

自分で自分のことを考えない。自分の心情を見つめない。自他を差別しない。

このような状態での瞑想は逆効果。まず過去は不問に付す。回復に応じて歴史認識を再構築する。未来を危惧しない。

神秘的な感覚や考えは一先ず無視する。

睡眠目的以外にだらしなく横にならない。目的もなくぼんやりと映像（特にテレビ、ネット）を見たり音楽を聞いたりしない。「ながら作業」禁止。

無理ない程度の日常生活。掃除洗濯、炊事など、よく観てよく手を動かして、僅かでも他者に貢献できる作業をする。焦らず、一つひとつ。

挨拶の言葉を笑顔で言う。

禁酒・禁煙が基本。その他の薬物にも注意。

人間は社会的動物である。誰しも一人では生きられない。我々集団で修行の現実を生きているのだ。そして宇宙は不必要なものを創らない。我々の個性豊かな全ての能力は、本来他者の役に立つために備わっている。優れた感性も例外ではない。自分を生かすために人に尽くす。これを仏教では『自利利他』と言う。どんなに些細なことでも結構！　人に喜んでもらえることに自分の個性を生かすべきだ。空海は、唐から多くの経典を持ち帰ったが、中でも取り分け大切にしたのが『理趣経(りしゅきょう)』である。この経は「苦しみの原因となる煩悩を、否定するのではなくあるがままに承認し、上手に制御して妄想や邪念を抑制すれば、民衆救済のエネルギーに変えることができる」と説いている。社会は我々一人ひとりの集合である。社会にとってもかけがえのない自分自身を、お互い大切にしたいものだ。

まとめに一句。

もみぢ狩り知らぬ同士が上り下り　龍祭

新民主主義（開発事業に思う。）

次、リフレインする。
「この惑星壊れ物につき、取扱注意！」

公害オンパレードの高度成長期よりもグローバルな分、深刻だ。過去の多くの事例が示すように、自然環境、生態系は一度失ってしまうと取り返しのつかないことになりかねない。そして我々に子供たちの未来を奪う権利はない。環境に関わる問題は、重大な過ちを犯さないために、欧州諸国のように周辺地域の住民が直接参加して決定されるべきだ。それがこれからの民主主義先進国の在り方であると私は考える。

もうそろそろ国民が自分の手で、里山・沿岸を管理するように、自由民主主義を育てなければ、日本が手遅れになるかもしれない。そのためには、政官業が形成する「ムラ社会」の構造を「地方」から再構築すべきだと思う。
「住民投票」「デモ」我が国に、やっと芽生えかけている自由民主主義の芽を、私たちが選んだ筈の皮相な右派政治家たちに摘み取られたくはないものだ。

真夏の怪談？

シャウ、シャウ、シャウ……徳島県のとある寺院を訪れたとき蝉が随分喧（かまびす）しいと思い、ふと境内の木を見た。そこには、緑がかった大型の体に透明の羽、何とクマゼミが大挙してしがみついているではないか？　それほど大きくはない木、一本当たり十匹は下らないだろう。警戒している様子もなく手で簡単に捕獲できそうだが、お大師さまの目前、慈悲の心が養われる。クマゼミを実際に目にすることすら私には初めて。この種も北限が年々上昇しているらしい。地球温暖化が原因の一つであることは想像に難くない。私が昆虫採集をした少年の頃は、四国の平地はアブラゼミがほとんど。クマゼミなんて図鑑でしか観られない異郷のスーパースターだったのに……。逆に陳腐だったアブラゼミは姿を消した。遠方に移動したか？　隔世の感がある。生態系の破壊は確実に進んでいるようだ。

顔ぶれが変わったのは蝉ばかりではない。熱帯の外来有害動植物や病原微生物もペット問題もあり、次々と日本上陸を果たし、固有種を駆逐していく。このまま温暖化などの変化が進むとどうなるのだろう、と思うと背筋に寒いものを感じる近年の猛暑である。ＳＤ

Ｇｓの格言を繰り返そう。

「この惑星壊れ物につき、取扱注意！」

ファナティック神秘主義

　これは決して宗教を否定する文章ではない。問題のないところに問題を発生させる。理不尽であるはずの神秘主義が社会全体の健全な富を生産するのは困難であるという話だ。独善的あるいは精神的貧しさが、逃避的虚構である神秘主義を求めるからだ。そしてその虚構や歴史が、未来永劫、真実を歪曲しようとする。あまりの理不尽に悲鳴を上げた現実は、正当な文明の構築を拒否し更なる貧困を生んでいる。僅かばかりの利潤は創造的な投資に至らず、陰湿な玉手箱に蓄えられ、お天道さまを拝むことなく一部の怪物、狂人の享楽と地球の生態系の破壊に浪費される。したがって貧困は維持され新たなる神秘主義が生み出される。これが貧困の連鎖、反文明の悪循環である。その負の力が人間の感情に作用すると、憎しみと暴力の連鎖をも発生させる。

震災回顧

神戸市長田区を訪れた。私にとっては震災直後の医療ヴォランティア活動以来である。正直言って、十数年間、悪夢を忘れたい気持ちが、ここに足が向くのを許さなかった。当然のことながら街はすっかり様変わりし、新湊川と河畔の焼け残った大木が、かろうじて記憶に残るのみである。活動拠点となった旧長田区役所（当時新築）は取り壊されている。僅か十数年で隔世の感だ。新しいスタートを切った神戸に、御仏の御縁で帰れたような気もする。明るく若々しい町並みを歩いていると、被災者の皆さんと一緒に頂いた、炊き出しの雑炊のぬくもりが甦った。震災後しばらく悪夢にうなされた辛い想い出も貴重な体験へと昇華していくようである。感無量とはこのこと。短期間に見事復興を遂げられた神戸の方々に心から敬意を表するとともに、亡くなられた多くの御霊の菩提を改めてお祈りしたいと思う。

行者龍祭　合掌

青い世界

梅雨時の夜の帳がおりる直前、日本独特の湿気たダークブルーの世界が現れる夕刻がある。私は幼少より何故かこれを好む。蜜柑色の街灯以外すべてが青くなる刹那である。遠くで誰かが叫んでいるような……。折しも喧しい選挙期間で。

「なんだ、こんな時間まで選挙の街宣か?」

と、私は興ざめて陰鬱な気分になる。ところが、よく聴いてみるとそれはありがたいことに本物の犬の遠吠えであった。

神秘的な国だ。

そこで高校生は一句。

梅雨の香の夜陰に紛れる蒼き狗

先ずは日常生活のデトックスから始める

仏教の三毒（貪瞋痴）をやめることで、自分の霊心身が清められます。仏教では、このデトックスで、六道輪廻を解脱し、浄土往生する。と言われ、さらに密教では、人間道で生きたまま、往生します（即身成仏）。

貪とは貪ること。餓鬼道、畜生道に生まれやすい。欲望の対象としての物質、金銭、自分自身以外の付加価値、肩書に、必要以上に執着すること。

これをやめるには自身の価値を高めて輝かせ、自信を持つ。足ることを知る。ただし、廃棄は勿体無い、エコではありません。必要以上に所有しない。食べられないほどよそわないことが大切ですね。付加価値を競わないことも重要です。

瞋とは瞋る（怒る）こと。喧嘩、抗争に明け暮れると、修羅道に生まれやすく、高じて、殺生に至れば地獄道に生まれやすい。

私事で腹を立てるのは論外だが、天下民衆のために、巨悪に対し、義憤にかられるのも、決してよろしくない。怒っているのは民衆ではない。自分自身のエゴだ。そもそも正義などというものも我田引水な自己満足が本質なのだ。怒りは他者に感染して戦乱にまで至る。民族紛争、宗教戦争、双方ともに正義感満々。だからこそ憎しみの連鎖、報復の連鎖。正義が、非戦闘員、子供まで殺しあう。

痴とは愚痴ること。自他に関してネガティブな言葉を思い浮かべること、それを口にすればさらに悪い。

他者をこっそりと観察しあら捜しをする。精一杯見栄を張る。自らの本性はひた隠し、属性を飾り立てディスプレイする。この婉曲的自己表現を「奥ゆかしい」というのか、「陰険」というのかジャポニズム。相手の前では平然と、歯の浮くようなおべっか使い、実はこれが曲者で相手の隙に乗じて生命エネルギーを吸い取っている。さて噂はエログロ、奇想天外なほど喜ばれる。ゲットした醜聞には尾ひれをつけて広報する。陰口は殺意さえ感じるほど相手の全人格を否定するのが常である。属性と不正で勝負に臨む。これが戦後日本人（東洋人？）の傾向で見事な畜生道である。受験地獄ならぬ、受験畜生道。偏差値で振り分けておいて、勝ち組の政府や高級官僚に、やれ「庶民感覚」だの、やれ「国民目線」だのと無理難題を愚痴る。妬み嫉みは羨み裏闇と書けば字面も語感も悪い通り。草食動物が肉食動物に文句言っては、生態系が崩れるぞ。道徳に偏差値ないだろ？　そんなアンフェアな連中はいっそ競争をやめろというアドラーの発想も納得できる。

金銭に執着するとケチを超えて畜生道になる。

『銭ゲバ』というジョージ秋山師匠の名作漫画があった。金銭は人間を潰す暴力にまでなる。かの漱石が、金銭は性善説を性悪説に変える力を持つとのたまったのは、『こころ』だったたか？　銭はつかってなんぼ。聡明な投資は人を光らせることもある。まして貯金額を競うなら、立派な病気だ。これも現代日本人、特に田舎者の傾向かな？

占いに魂を売らないで！

ダサいダジャレを使ってしまった。

仏教は自然な教えであり、「あるがまま」を尊重する。煩悩を戒めるものの、一般向けには禁欲的とまでは言えないと思う。その寛容な仏教が、原始仏典を紐解くと、ブッダ自ら各種占術を戒めている。

「こっそり、苦労せずに運気が好転！」

自分の運命や未来を覗き見て、少しでも幸せになろうと願うのは人情である。その願いを叶えてくれる占いは確かに魅力的であろう。かく申す私も密教占星術と香港風水は多少修めた。実際、自身の風水鑑定により、驚愕の恩恵をもたらされ人様にも感謝を賜ったこともある。しかし自分自身、神秘的な吉凶判定は半信半疑だし、それに依存するような無責任な社会生活も送りたくはない。

占星術を学んだ私がこのように申し上げるのだから、逆に説得力がありはしないか？　週刊誌などを見て遊び感覚で占う分には宜しいだろうが、真剣にその道のプロにお願いするとなると少し問題が出てくるのだ。

占いは、過去に生きた人々の運勢の統計と、占い師の直感（霊感）によって成り立つ。しかし実際のところは、洋の東西を問わず統計学的あるいは天文学的根拠に乏しく、暦の扱い方も実に曖昧かつ非科学的だ。しかも一つの占いにも、諸説・諸派があり軸が安定しない。つまりある説での吉が、別の説では凶になってしまうのだ。そうなると、占いの的中精度は占い師の直感力のみにゆだねられることになる。正に「当たるも八卦、当たらぬも八卦」いい加減。占いも一種の心理学、狂信を生む。

大事故、大災害で一度に多く亡くなられた方々は、例外なく大凶中の大凶だったのか？　生年月日が同じ、生まれた時間もほぼ同じ双生児の人生がなぜ大きく異なるのか？　もうお分かりだろう。ナンセンスなのだ。

確かに良心的な占い師による、心療内科的カウンセリング効果は否定できないと思う。しかし、その効能に比べ不必要な精神的トラウマを与えることがはるかに多いのが現状ではなかろうか。人間の心では、安心の種よりも不安の種の方が育ちやすいからだ。さらにはそんな心の弱みにつけこまれて、法外な鑑定料、祈祷料などを取られる全国的に有名な例まである。これは霊感商法に他ならない。

もっと根本的に考えてみよう。あなた、占いという他人の力に甘えてはいないか？　人生に対しての現実的な判断力を欠いてしまい、自らの努力を怠ると魔に足をすくわれる結果にしかならないかもしれないよ。

それでも占い師に依頼したいのなら、まず自分の過去を正確に当ててもらって、その結果をみて、貴重なお金を払ってまで、未来を見てもらうべきかどうかを決めたらいいかがかな。

戦争と平和……　地球教への提言

人類は同一の普遍的宇宙を感じている。例えばイスラム教の神アラーと密教の宇宙仏大日如来は不二の存在で、別の民族が別角度から拝んでいるに過ぎないと私は考える。その絶対神周辺の眷属、諸々の神秘的存在の肩書きは、天使でも化身でもよい。人類は元来ボーダレスな多民族多文化である。その共存共栄が求められる現在の国際社会においては互いに容認しあうしかなかろう。仏教は古来よりすべてをあるがまま理解し、異文化までも貪欲なまでに受け入れてきた。空海は長安で、チャイナ仏教を学びながらも、儒教、道教も熟読し、拝火教、クラーンや景教バイブルまで紐解く。それはあたかも外国語を学ぶことで、母国語をよりよく理解するが如くである。帰国後、当時、俄か仕立ての神道など木端微塵にしてハイカラ密教のスパイスにしたに違いない。

さて、一地球人としてイスラム原理主義者のテロ行為を考えてみよう。原理主義とは、伝統教団が権威主義に陥ったとき原点初心に立ち返ろうという、若々しく情熱的な運動であり、洋の東西を問わず、新しい教派が誕生するときの共通のコンセプトでもある。私も巨大化、商業化した日本仏教の現状に少なからぬ不満を抱く芥子粒のような行者ゆえ、あながち理解できなくもない。しかし、原理主義はその純粋さゆえに、ともすればノーブレーキ、暴走を余儀なくされる破壊的エネルギーを内包していることを充分に踏まえて、自らを律する必要がある。

テロ集団である日本のオウム真理教は、チベット密教カギュー派の流れを汲んでいるという。形骸だけでも仏教団体であることは認めざるを得ないだろう。彼らがテロ事件を起こしたとき、正式なコメントを出した仏教団体は浄土真宗だけだった。他団体は恐らく、反社会的集団が仏教徒であるわけないのだから語るに足りないとの理由で関わりを避けたのだろう。しかしそれは「臭いものに蓋」式の逃げ口上に過ぎない。仏教を標榜した彼らがなぜ過ちを犯したのか？　深刻な社会現象を自らの言葉で正々堂々と総括していかなければ、思想家失格の烙印を自ら押しているも同然。伝統教団の現実対応の鈍さが、結果的に原理主義の暴走を助長するといっても過言ではないだろう。恐らく空海なら得意の比較宗教論を用いて、先頭きって状況分析して見せたと思う。

イスラム教は言うまでもなく世界的大宗教だ。全世界の信者ムスリムは、少し古い資料でも六億人以上と記され今や計測不能といったところだろう。「イスラム」とはアラビア語で「平和」とか「謙虚」という意味らしい。またその平等思想に我々仏教徒は共感を覚える。古より近所づきあいしてきたのだから当然だ。崇高な教えは今後も末永く存続して然るべきである。そのために、イスラム社会はユダヤとの報復の連鎖を是とせずに、イスラム教各派が人類愛を持って平和裏に議論を重ねるべきではないだろうか？　政治的事情、歴史的怨念はよく理解できる。だからこそ、イスラムは一部のユダヤ人の「国際軍金融共同体」に対する国際世論を冷徹に高めるべきだろう。教義とテロリズムの間に明確な一線を画して、テロ集団を破門するなりの毅然とした自浄能力を発揮してほしいと思う。お互い地球の希少なブラザーなのだから、国際社会で自らの平和主義、人類愛を貫きたいものだ。私はイスラムに敬意を表しながらエールを送りたい。

過去世のフラッシュバック

旅先で、また風景の画像を観るときに、私は眩暈を伴った幻影を見ることがある。強い既視感だ。

動物の死を容認する植物の群生。累々たる屍が放置された草原。夥しい血や腐乱の臭いなど掻き消してしまう、古城を吹き抜ける青い草原の香り。日輪は見えぬものの曇天に包まれたこの晴れがましき聖地！

そこに勝敗決した戦場で虫の息の一兵士を私は観るのだ。もちろん彼は敗者である。しかし、彼の内に勝敗の結末など残っていない。ましてや、自決するか、それとも復讐に燃えて蘇るかの、深刻な選択ともいささかの関わりもない。彼は過去にも未来にもとらわれることはない。彼は「今」そこにいた。それこそその瞬間の達成感でなくてはならないのだ。そして、そんな矜持を私は妙に懐かしく思う。決して憧れではなく。

風景が闇に緩やかに溶け込んでいき、愛すべき我が遠い記憶が微かに頭を擡（もた）げはじめるのだ。背部の鈍痛を伴って。

それは十七世紀のスコットランド、私はカトリック教徒として生きて、戦士として殉教した記憶である。

軍人ではなかった今回は果たして『解脱』できるのだろうか？

大器晩成

天才と呼ばれる連中が実在する。医学的表現では、「先天性才人」とでも呼ぼうか？　私はそれと真逆であった。母が流産の危機を数度回避し、一人児の未熟児として誕生。当然両親は溺愛による過保護・過干渉と過剰な期待からのスパルタ教育。結果、重症の喘息を抱えた小さな少年であった。学校は週四日欠席が常で当然学業も身体能力も遅滞する。たまに出席しても、奇を衒った言動をしがちで皆に好まれるような気の利いたことなどできない。当然いじめの対象になる。いきなり顎を殴られたこともあった。家でほぼ寝たきり。重積発作が起こると、開業医の父が蒼い顔をして、吸入剤を持ってきてくれた。窒息は、患者本人酷い苦しみだが、周囲もたいそう辛いものである。一月生まれだが、寒い冬が嫌いだった。風邪でも引こうものなら巣籠り、つらい誕生日になる。

ところで、天才が早熟であることは容易に想像がつく。ましてや自由奔放な家風に育てば、中学で酒、煙草を始め、男女交際も早熟の不良。難解な書物を紐解く。ギター演奏をたしなみ、学業成績優秀で、運動部で活躍といった具合だ。真逆の私は、全て「遅れ咲き」

あこがれの同級生たちに大きく離されながらも、けなげに努力を積み重ね、水泳自主トレで喘息を克服し、学力も徐々に向上した。天才どもの背中を追うには、継続を力として秀才になるしかない。人目を憚るように勉強し、正に粉骨砕身筋トレした。格闘家にありがちらしいが、私もその類に漏れず、ラグビーを皮切りに格闘技の世界に身を投じ、カウンターのロックミュージックにはまり、自暴自棄が高じてストリートファイト。危ないやつになっていく。諸先達、親友のおかげで、直情径行こそ目立たなくなり、何とか臨床医に成れたが、体制に順応できないカウンター気質は老境に至っても変わりない。遠回りの結果、小器がそこそこ晩成したように自分なりに評価している。現在も診療の合間に、医学、外国語、大学数学・物理学等をこそこそと学んでいる。還暦過ぎて、大器どころか一杯の猪口（大器ではないが）ができれば、「残花」能楽の始祖二代目世阿弥の世界のごとき渋い骨董になるかもしれぬ。ひたすら自らを信じ心華やいで折れなければ、虚しく齢を重ねた加齢臭ではなく、馥郁（ふくいく）たる詩歌の香りが漂うもののようだ。前述のごとく幼少時、誕生日に父から「トロイメライ」のオルゴールをもらって狂喜したこと以外ろくな思い出がないが、北海道で暮らしたお蔭もあるのか、脳卒中で倒れるまでは、冬場もかなり元気になった。ここはこんな句で締める。

還暦の朝を寿ぐ霙かな　龍祭

知足……欲の知恵

『知足（ちそく）』とは「現状で足りていることを知る」という意味だ。「唯吾知足（私はただ、足ることを知るように努める）」の四字に共通の『口』の字を中心に、古銭になぞらえた書や石造の水受けをご覧になった方もいるだろう。厳しい教えのようだが、何も戦前の教育のように「歯を食いしばって苦境を耐え忍べ」ということでもなければ、「現状に甘んじて消極的に生きろ」ということでもない。もっと建設的で、積極的なものの考え方である。

この同じ地球上に餓死する人々がいるのを横目に、満腹になっても食い続けて、自ら傷つくまで肥満する。子を思う親の心のように「這えば立て、立てば歩け」の欲。欲望は『個』と『種』を保存繁栄させるための、生命体のエネルギー源に他ならないが、満たされたと思った瞬間に形を変え、エスカレートする。それは前述の水受けのごとくに溢れ出る器、本来満たされないものだ。しかし私たちはそれに一生懸命に水を注いでしまう。そこで葛藤が生まれ、苦しみが生まれる。人生を上手に楽に生きるためには、欲望の性質、つまり効能と副作用を『両面観』をもって見極めることが大切である。足ることを知れば、略奪が消滅し、感謝と慈悲が生まれる。「ありがたい」「頂きます」「ご馳走さま」だ。

基本的欲求は、生命維持のため勿論欠くべからざるものだ。しかし生理的、即物的な欲望の充足のみを追い求めるのではなく、現状の中に満足できる要素を見出だすことが人間つまり御仏の知恵である。曼荼羅のように物事を立体的・多角的に捉える。少し視点を変えることによって、今まで不満だらけだった日常生活の中に新鮮な感性を見出し、より高度の欲望に転化することができる。欲望を無理に押さえ付け消し去ろうとするのではなく、上手に手なずけて付き合っていくのがコツといえるだろう。欲望のエネルギーを利用し人間完成を目指すことを、密教では「煩悩即菩提」と言う。

例えば仕事の上でもスタッフが「金くれ、暇くれ」の餓鬼道では、個人も社会も滅びの道を辿るしかない。報酬を目的にするのではなく知的な欲望を燃焼させて、その仕事自体に「目的」「生きがい」や「歓び」を見出だしたいものだ。そうすることで個々の充実と社会の繁栄、進化がもたらされるだろう。結果ではなく、日々の努力が尊ばれるゆえんである。

地勢と偏差値

私は日本人だ。それは、この国に生を得て、日本国籍を頂いているからに他ならない。そして、そのことに誇りを感じるように意識している。努力せずして、自らの矜持を天に授かることはありえないと思うからだ。

私の遺伝子、遠く戦国の世、美濃の国でイエズス会、ポルトガル宣教師の御血を頂戴したらしい家族伝説はある。田舎大名の末裔であるから、さもありなんだ。しかし、少なくとも戸籍が証明する限りにおいてはここ一〇〇年ほど、外国人と交配した気配はない。そして母なる日本には大いなる文化的価値を感じる。戦後生まれの私には、アメリカの属国としての我が国に慣れ親しんだにせよ、その後のチャイナによる守銭奴属国化には憤懣やるかたない我々選出の政治家先生をご覧なさい。アメリカの提灯持ちか？ チャイナスクールか？ 成熟した民主主義が機能していないようだ。

私だけではない。諸外国を見ると、今の日本国民には国家意識が乏しい……というよりないに等しいように思える。高級官僚、政治家、実業家、労組そして国民。おそらくはその全員が私事しか考えてない利己主義に見える。自身と家族のことを絶対的な人生価値としているようだ。肉親、友人、組織や同志の所属する組織さえも「私」のために利用する。そしてその破綻が内部紛争に繋がる。それをマスコミは早朝から面白おかしく報道する。皆が不満の解消感を得たいがためである。運が良けりゃ、憎たらしいやつを自分の代わりにやっつけたヒーロー伝が聴けるかもしれない。無意識にテレビをオンにする。劇場型だのサプライズだのが大好きな我々ミーハー白痴は独裁者を待望する。我儘はしたいが自立は面倒だから、専制主義に身を委ねるのが無責任、気楽でよい。その精神構造は、一神教圏の「神」という老舗妄想までは洗練されてはいないが、見事に欧米のエージェントたちに洗脳されている。これは集団幻想に他ならない。民主主義だの平和だのと言って、何のことはない、戦前回帰である。

国家とは時空間により構成される個人の集合体だから、その個性は絶えず変化する。人類学的科学性に比べ、皮相な右派が大好きな国家や民族という概念は、その基盤が実に妄想的で脆弱かつ恣意的だ。なぜなら「家族」の純血性は、繰り返される混血によって攪拌されるからである。たとえば我々日本人、極東の島国だからいかにも純血そうだ。しかし『グレートジャーニー』を引き合いに出さずとも、日本は「世界中の負け犬の徳俵」。我々

の遺伝子には、近世までにコリアやチャイナはおろか、白人や黒人の血まで
るつぼのように入っている筈だ。『温故知新』とは、史実の総括と反省であり、過去の御伽噺に未来を操作されることではない。

地球人類において、権利とその結果生ずる義務は、個々の人格に委ねられ、愛国の思考および行為は国民各位に委ねられる。それは決して他者から強制されるべきものではない。他者への貢献、つまり利己ではなく利他である。

ただ私は愛国(もちろん他国を愛することではない)の目安をここに提唱したいと思う。生前の記憶が乏しい曾祖父母以前の先祖・先達への愛着、感謝、畏敬の念あるいは子孫の未来への愛護の念があるなら、個人は国家に貢献すべきだろう。ただ悩ましいのはその国家の実態である。日本国の場合、それは天皇でも、その他の宗教団体でも、政府でも、官僚でも、ましてや大企業でも労働団体・反体制団体でもない。国家の実態は国民の総意であるべきだ。つまり現在、自ら他国民ではないと自覚している意識の集合体でしかないと思われるのである。

学歴、偏差値社会は未だ続く。東大に何人入学云々報道がその証だ。親たちは我が子の人生をお受験地獄で小児の内に決定しようとしているのである。そして目論見は外れ、結

果ほとんどが負け犬になる。それが統計学の偏差値というものだ。更に生物学的には勝ち組と負け組両端それぞれ七％が集団の進化の担い手となる。勝ったやつが霞が関、一流企業に行く。ところがみっともないことに膨大な負け犬の遠吠えが津々浦々で始まるのだ。選ばれし政治家、高級官僚にあろうことか「庶民感覚」「国民目線」を求める。これぞ社会主義の超矛盾ではないか？

「おまえら、俺たちが選んでやったんだから、言うこと聴け。聴かなかったら次の選挙落とすぞ」

それって随分勝手だけど当然。でもその脅迫を上手く利用する労組、宗教団体なんかもあって、「政策」は「政局」に成りやすい。そして、国家、地域はおろか自らの政党さえもないがしろにする連中ばかり。自分が一番、家族が二番「お金頂戴、お暇頂戴」では給与泥棒、立派な詐欺だが、その価値観で負け犬たちは共感してしまう、完熟腐乱した社会主義国家日本。政官業、我らの国策は、いかなる未曽有の災害にもさほど動じない安定した腐り方発酵食品の如しである。

高級官僚にお願い！　あなた方は高偏差値という神に選ばれし民であろうが？　我々低民度選挙民の遠吠えや、白痴政治家の「官邸主導」なる戯言はしかとかまして、胸張って、ご自慢の脳力発揮してみなさいな。悪知恵だけならず、たまにはお国のために。

中道

『中道（ちゅうどう）』という言葉を耳にしたことがあると思う。現在政治の世界での使われ方をみていると、「中途半端」とか「優柔不断」といった語感が強いけど、もともとは仏教用語で、偏った極端なものの考え方を戒めたお釈迦さまの教えである。

車の運転に例えて、山と谷に挟まれた道路を走行しているとしよう。山側に近付けば落石に遭う危険が、逆に谷側に近付けば路肩が崩れる恐れがある。住宅地でも道の真ん中を走っていれば、どちらから子供が飛び出してきてもかわす余裕があろう。

しかし中道とは本来、安全運転の場合のように両端の危険を避けるのではなく、相反する両者をバランスよく吸収すると考えた方がよかろう。その意味で陰陽の均衡を考える道教の『太極』にも繋がる。「光があればその裏に必ず同じ大きさの陰がある」という『両面観』でもある。

痛み

『痛みを伴う構造改革』

日本の人気内閣のキャッチコピーだった。シナリオはアメリカの凄腕エージェント、稀代の売国奴作、というもっぱらの噂だ。ポピュリズムの申し子が、時代に設えられた「平和ボケ」大衆に歌舞(かぶ)いたチャラいパフォーマンスだった。三島には靡(なび)かなった当代の国民が靡いた。三島のように過激でもなく難解でもない。どうやらそれがこの国の民度に嵌(はま)ったらしい。

さて、痛みについて考えてみよう。一口に「痛み」と言っても、人間には「身体の痛み」「心の痛み」および「社会の痛み」があり、それらが相互に複雑に関連している。

私は、ペインクリニック（疼痛医療）を生業(なりわい)にさせていただいている。学生時代の恩師、故田中亮北里大学麻酔科学初代教授が、小講義の中で「ペインクリニックの目的は、患者さんのお痛みを和らげることだ」と表現された。「これぞ臨床！」その時私は心動かされ、この道を選んだ。それもポピュリズムと言えないでもないが。

痛みは、人間の苦しみの中で最も直接的で切実なものである。ペインクリニックとは痛みそのものを診療対象とする専門科のことで、麻酔科の業務の一つだ。従来の医療の目的は病気そのものの診断・治療であり、患者さんの訴える痛みに対する治療は対症療法にすぎないとして、あまり重要視されなかった。しかも鎮痛剤などの従来の治療法は、効果が不十分な上、看過できない副作用を孕んでいる。

痛みは生命にとって、傷害とその場所を教えてくれる大切な警告だ。それを脳が様々な認識をする。しかし最近、慢性の痛みの別の側面が明らかになってきた。身体の痛みが長時間続くと、運動神経の異常緊張や自律神経の失調をきたす。その結果、血液循環が悪化し、発痛物質が患部に蓄積するため、痛みがさらに強くなり、時には別の悪質な痛みまで出現するのだ。そして、神経の麻痺、筋肉は硬く萎えて関節の動きが悪い機能障害に陥り、ついには内臓や全身状態にまで悪影響を及ぼす。さらに身体の痛みが情緒的ストレスとなり、心身症などの「心の痛み」につながるのだ。例えれば、愛する人との離別などの喪失感、これも「心の痛み」であるし、人間関係の悲哀に起因するから、「社会の痛み」とも呼べよう。また逆にその心の痛みが自律神経失調を介し、身体の痛みを増悪する。これを『痛みの悪循環』と呼ぶ。

ペインクリニックの『神経ブロック療法』とは、痛んでいる神経、異常に興奮している神経に一時的に麻酔をかけることで、痛みの悪循環を遮断する。それにより、痛みをシュリンクさせるばかりでなく、筋肉の緊張を和らげ、自律神経を整えて血行を改善し、神経や血管を圧迫している患部の浮腫を改善するのだ。つまり患者さん自身の自然治癒力を高めて炎症をしずめ、積極的に機能回復をはかる。短時間しか効果がないはずの局所麻酔薬でも、治療効果は長く残り、時には元の病気さえ治す。

「痛みを切って病気を切る」

これが神経ブロックの真髄である。たかが対症療法と侮るなかれ、長年の痛みが一瞬にして解消した患者さんに「魔法の注射みたいだ」と驚かれる。末期癌を扱うホスピスの分野でも、ペインクリニックは威力を発揮する。癌性疼痛に苦しむ患者さんは、まさに痛みの悪循環の真っ直中にいる。この場合も、癌に侵された神経を強力に遮断することで、患者さんは痛みから解放され、残された人生の質と量を、飛躍的に高める場合も稀ではない。

政府は国民に「社会の痛み」である経済負担を求める。しかしほとんどの政治家は、国民がどんなに崖縁に立たされようと、危機管理にも構造改革にも本気で取り組みはしない。何かトラブルが起きれば、彼らは自分だけシェルターに逃げ込む。そして嵐が去れば這い出して来て生き続ける。ゴキブリ並みの生命力を持ち合わせている。国民に痛みを強いている連中は、心身の痛覚が随分鈍い選ばれし者。本当に痛みを味わうべきは、闇社会とそれに操られる政官業のお偉方のはずだが、狡猾になれずバカ正直に生きるしかない弱者にしわ寄せがくる完璧なシステム。お人よし民主主義国家に必要なのは、国民の痛みを理解できるだけの感性と情操を持ちながら、特殊なリテラシーを発揮できる民間の知識人しかないだろう。

世界中がそうであるように、わが国はまたしても疾風怒濤の時代へと向かっているようだ。厳しい現実を乗り切るためには、確かに皆で痛みを分かち合わなければならない。しかし人体同様、社会の痛みも放置しておくと悪循環に陥る。痛みを和らげる術(すべ)は必ずどこかにあるはずだ。今こそ各分野の陰のエキスパートが、その智慧を集約すべき時だと思う。

願わくは、衆生のお痛み、和らがんことを。亡き恩師に、合掌。

『唯思起死回生術』（瀕死の病人が元気になる医術の奥義をひたすら極めたい）

わが国近代麻酔科学の祖、華岡青洲

天体観測

四国八十八ヶ所に参拝した。梅雨の最中のはずが快晴猛暑の中、汗だくになっての参拝だった。

実は私とこのお寺には浅からぬ御縁がある。私は中学時代の夏、所属していた「天文クラブ」で、ここの宿坊に合宿したのだ。当時の田園地帯の澄み切った漆黒の大気を通して、正に降るような星屑は微妙な色のコントラストをつけて瞬き、カクテル光線を織りなす。流星が銀河を横切り、人工衛星が天空の製図を直線に切開するようにその軌道を示す。望遠鏡を覗けば惑星や星団の強烈な自己主張がある。呆然として夜空を仰ぐ少年たちの瞳もまた、恒星同様に輝いていた。我々の意識は、日常の平面次元の呪縛から解放されて宇宙次元に覚醒、飛翔していく。私には宇宙が、神秘の意志（識）に基づく精妙な定め（因縁）に思えた。深夜の古寺という強烈なシチュエーションも手伝って、私は思春期の夜に神秘体験したのかもしれない。

私の宇宙あるいは神秘への関心は小学生からで、子供心にも天文学で身を立てようと真剣に考えていたほどだ。数学嫌いの少年は星空に思いを馳せて、生意気に宇宙物理学の入門書もかじってはみたが、求めるものは宇宙の「科学」ではなかった。私は宇宙の仕組みを考えるのではなく、その神秘を感じてそれを芸術や哲学に表現したかったのだ。そして詩を作り、曲を奏でた。やがて宇宙の神秘の教えである空海の密教に出会い、私のあやふやな宇宙観は、市民権を得てしまう。かつて空海が設えた寺院の夜空に天体を追った眼は、今では私の小さな祠を観据えているのだ。

天命

二十世紀末から二十一世紀、我々の住む地球は、異常気象、天災・人災、新型感染症、金融破綻、異常犯罪などの問題で溢れ、先行きは決して明るくはない。我々を悩ませているそれらは全て（政官財界も）、我々自身の無知や病的な心が生み出したものだ。しかも我々のリーダーたるべき政治家・官僚・財界人、教育者は、この期に及んでもまだ、自然破壊や贈収賄を繰り返し、国民の血税は無駄遣いされ、あの大震災などの被災者援助にも円滑に還元されない。安全で快適な法治国家、経済大国日本の実現は夢想に終わるのか？これまでの「神話」や「価値観」がことごとく崩壊していく。そして自然を愛し詩歌を愛で、勤勉質素で礼節を重んずるはずの日本人の精神は、敗戦後の、無理な西洋合理主義の中でもはや病的、危機的な状態に陥ってしまったのか？　このような状況下で我々は、大切なものを見失い、目先の不安の解消ばかりにあくせくするのも無理はない。

しかし、のっぴきならない現実の中でこそ魂は鍛え上げられていくのではないか？　地球の歴史から見ると、不安定な時代になったというよりも、豊かすぎたこの数十年間が「平和ボケ」だったようだ。厳しい時代だからこそ、自分自身をしっかりと見つめたいものである。過去幾多の困難な時代を切り開いた起死回生の発想は、諸先徳の瞑想を初めとする内省的な姿勢から生まれたではないか？　解決策は我が内に必ずある。さらに我々は大宇宙から頂いた本来の使命である『天命』に気付かねばならない。世をはかなむことも、妄想の世界に逃避することもない。夢にも現実にも捕らわれずに自然に自由に生きる。現実の大地を踏み、理想の天を仰ぐバランス感覚。これが仏教の『自由自在』であり『両面観』だ。

維新以来我々日本人は、欧米列強の文明・文化に仕組まれ、そして憧れ、がむしゃらにそれに追いつき追い越そうとして、第二次大戦という悲劇的な結末に至った。戦後闇に強いられたとはいえ、敗戦国として押しつけられた欧米型民主主義社会の中で、物心両面ともアメリカに限りなく近付こうと、独立後半世紀以上も欧米の属国状態に甘んじてきた。しかしどこまで外国社会を模倣しても、自らの内なる日本の「ムラ社会」に辿り着いてしまう。欧米諸国が血を流して勝ち取り、試行錯誤の中で練り上げた「民主資本主義」が、果たして棚ぼた式に転がり込むのだろうか？　付け焼刃の未熟な社会はあらゆる場面で矛盾を生じ、成長を忘れ澱んだ政治が腐敗するは当然。国民は自国の誇りに乏しく個人主義だから、国家の方針に一貫した哲学が生まれない。それは東洋のローカルルールで良しとしても、政策がその場しのぎの優柔不断で戦略がなければ、国際的信頼が得られるわけはない。

文化の伝承は温故知新。私、人類の繁栄には、各民族固有の伝統文化の国際的成長が不可欠であると考える。つまり日本人は日本人らしく地球平和に貢献することが必要だ。「東洋らしさ」「日本らしさ」「自分らしさ」で地球に貢献！　おのれの真の自分らしさが天命を全うする。私、これからもその「らしさ」を自分自身の内面に問うていこうと思う。

我々皆が自らに目覚め、人類の大いなる成長が始まることを、また私が皆様に笑顔を提供させていただけるように、心より祈念する。

土下座外交

民族大移動は近世まで続いた。ユーラシア大陸の古代の極東移民を大相撲に例えるなら、チャイナや朝鮮半島は土俵際。さらにその先に出っ張った日本列島は徳俵。そこは古(いにしえ)から「能力を持った負け犬」の寄り合い所帯。それが日本の「島国根性」そのものなのだろう。

日本の平和外交に骨がないのは、その延々たる伝承か？　明治維新以来の欧米属国化による舶来崇拝か？　はたまた、大戦敗戦国の怨嗟か？　おそらくはそのすべての折衷であろう。

戦後、合衆国の植民地であった我が国は、早々と独立し、属国に召し上げられる。異例の大出世だ。各国の株価、物価、為替を制御する「国際闇金融組織」にいとも容易く操られ、列強のみならず北鮮、チャイナ、旧ソ連といった共産圏にまで、無難に安全第一八方美人外交を展開してきた。北方四島ロシア住民への膨大な支援。他国を不当侵略している旧ソ連ないしロシアに対して、何故人道的支援が必要なのか？　核兵器を有する人権無視の強盗殺人国、チャイナや北鮮に対する経済援助も同様だ。チャイナが我が国に送り込む劣悪製品や、共産党エージェントさらには大気汚染。北鮮が「朝鮮民主主義人民共和国」と標榜するのは失笑を超えて、国際社会の軍事的意図をも感じる。もし北鮮が消滅すれば、米軍支援する韓国軍とチャイナ人民軍が国境対峙することになる。アメリカはイスラエル支援のため中東と対峙せねばならないし、チャイナも権力闘争、国内の多人種弾圧と南シナ海の領海権確保、台湾併合等重要課題てんこ盛りである。お互い北鮮は必要な緩衝帯だろう。

我が国はどの国からも舐められて、いいようにやられているようにさえ見える。最も忌むべきは、北方領土問題で露呈したように日本国内の売国奴の存在である。今に始まった話ではないが、与野党問わず私利私欲を貪る政官業。いずれも危機管理能力ゼロ。疾風怒濤の時代を迎えて、非科学的で反文明の政党政治にもはや期待する国民は少なそうだ。

しかし、それは何も我が国に限ったことではないようだ。列強さえも闇の金融機関や、カルト教団に制御され軍産共同体を形成。そして死のカルテルは連携し戦乱を止むことを知らない。生ける悪魔らが牛耳る地球というのが現状であろうか?

確かに第一次大戦以降現在に至るまで、「死の商人」はアメリカの軍産共同体であった。しかしその暗闇で糸を引いていたのは誰だったたか? その世界史わずかの狭間、ホロコーストを乗り越え、悲願の建国を成し遂げた民がいた。

ユダヤを見習えとは決して言わない。真の独立へ。島人(しまんちゅ)、海洋民族日本人には、日本人なりの立ち居振る舞いがきっとあると思う。「平和ボケ」大いに結構。真摯な自立した草の根市民運動が政治をそして地球を動かさなければ、日の出(いず)る列島はあの小説のように早晩沈没するかもしれない。

日本の若い力に期待して止まない老体である。

毒と薬

医（薬）食同源という考え方をすれば、我々が口にするものは概ね毒と薬に分けられる。心身を健康にする薬と、健康を害する毒。もう少し詳しく分類すれば、

①毒にしかならないもの
②使い方次第で毒にも薬にもなるもの
③毒にも薬にもならないもの
④全く毒性のない薬

ということになる。現在使われている医薬品（漢方薬も含めて）には、どのようなものがあるだろうか。まず①はない、と言いたいが実は存在する。③はプラセボ効果の偽薬として使われることはあるが、医薬品ではない。だが実は大きな顔をして出回っている。そこで②と④が残るのだが、残念ながら④は存在しないと言ってもいい。それには二つの理由がある。一つは、薬としての作用（効果）があれば何らかの副作用があるからだ。もう一つは個人差の問題である。例えば下剤は、便秘の人には薬になりうるが、下痢の人には猛

毒になる。関節炎でも冷えて痛い人には温める薬が、逆に熱をもって痛い人には冷やす薬が必要になる。西洋薬は言うにおよばず、漢方薬でも、専門医による診察の上の処方が大切なゆえんだ。おやおや、大変。「毒」と「薬」の区別がつかなくなってきたぞ。

食品についても同じことが言える。つまり食べ方次第で毒にも薬にもなるということだ。飢えている時にはスプーン一杯の砂糖、一枚のチョコレート、一杯のカップ麺が命を救う。しかし砂糖やチョコレートばかりを食べているとすぐに栄養失調に陥ってしまうし、カップ麺、スナック菓子、缶ジュースなどのジャンクフードを食べ続けると、その中に含まれている様々な毒素が心身を確実に蝕む。食品も薬と同じ。臨機応変に選ぶ知恵が大切である。

読書の話、新聞を中心に。

ここでは紙に印刷された文字を読むアナログ式の場合に限り読書と呼ぶことにします。この項が、小中高生国語教育に役立つように書きたいと思います。

新聞

数年前、東京銀座のとあるクラブで悪友と至福の時を過ごしていた時のお話。ママさんが大卒の女子に、「三大新聞に日経を足して取ってあげてんだから、毎日出勤前に少しは斜め読みすんのよ！」そんな言葉がかなりアルコールの浸みた我が腑にポタンと落ちた。さすが政官業のトップクラスのサロンだけのことはある。女子が難題に相槌を打てるなどという単純な意味ではない。民衆のエイジェントが清濁混淆の会話に聞き耳を立てて吟味している。

下手なことを喋れば、たちまちインスタに挙げられ炎上↓ワイドショー。

「あの店は油断できない。この話題は絶対にするな」こうなれば一流、ただの高級居酒屋ではない。健全な民主主義の監査機関、安全装置として、立派に機能している。勿論私は酒と女が大好きの道楽お上り仙人だから、気の利いた会話を楽しめれば十分で、風俗まがいの接待は邪魔くさい。

私の亡父は、新聞から情報を吸収した知識人だった。高級クラブなどにご縁はなかったが、三大全国紙と一地方紙に毎朝目を通していた。テレビの情報は操作を危惧していた節があった。三大全国紙の斜め読みで、同じ事件を比較して読むのが大好きだった。それと一面最下欄の新刊広告にハサミを入れ、通学する私に書店に走らせた。たまにエロ本を見つけ、壮絶な父子関係が随分和んだ思い出がある。

私の新聞利用はそれを継承したが、三大全国紙全ては荷が重いので、選択に多少難儀した。ジャーナリストの取材力、語学力、頭の切れは断トツ「朝日」だと思うが、どうも赤いのがちらちらしすぎる。そこで、私のスタンスに近似する中道左派の「毎日」にした。毎朝斜め読みして、新刊広告をチョキチョキやって、かみさんに託している。因みに地方紙は余程奇妙な記事と広告のみ目を通す。

そんな流れで硬派週刊誌も「サンデー毎日」を選んだ。週一日、ガッツリ読んで逐次メモっている。最新のジャーナリズムから一流の国語をアップデートしたいからだ。

そんなアナログ読書を基礎に、日々のネットサーフィンも欠かさないハイブリッド・ジジイである。

南無の心

『南無大師遍照金剛』『南無阿弥陀仏』など、『南無』とは「以下に帰依する」という意味である。実は「帰依する」というのは大変覚悟のいる誓願なのだ。極端に言おう。『南無阿弥陀仏』なら、「阿弥陀如来さま。私はまな板の上の鯉でございます。煮て食うなり焼いて食うなり、お好きなようになさって下さいまし。あなたさまのご命令なら、人殺しもしますし、自分の腹も切りましょう」ということになる。おやおや、こうなると軽々しく口にできない言葉だ。そもそも「帰依する」とは厳粛な宗教心そのものである。大いなるものに畏敬の念を抱き、すべてをゆだねる覚悟なのである。

チベット密教では未だ、弟子にとって師（グル）の存在、言動は絶対的だ。従って修行者は、慎重に師を選ばねばならない。オウムの麻原のような魔人を師に選んだ弟子たちは、極端な犯罪を本当にしでかしてしまった。多くの弟子たちが刑事被告人になり、邪悪なものを拝んだバチが当たったとしか言い様がない。

しかし、諸仏を自分の責任を持って南無の心で拝む分には、無体な命令を受けることは万に一つもない。自分自身が慈悲深い仏なればこその仏教なのである。

困った時の神仏頼みができる者は確かに幸いだろう。しかし常時、自らの曼陀羅宇宙に温暖な国土に平和裏に棲む人間は贅沢なまでに幸せなように思える。

願わくは、即身成仏して日常を送らんことを。

日本の国民性

個性は考慮せず、外国人から見た一般的傾向を推察してみる。勤勉、忍辱など長所ばかりではない、反省点を考える。勿論私もこの集団に属する。

視野が狭く合理性を欠く。その場しのぎで一貫性がなく自己矛盾に満ちている。差別志向が強く、強者には媚び諂（へつら）い、弱者からは略奪、搾取する。所謂「ミーハー」。流行が大好きで集団同時に左右を向く。権威、権力に対しては、集団で熱しやすく冷めやすい。熱に浮かされている間は、財産、生命を喜んで投げ出すほどだ。熱が冷めれば、すぐ掌を返し、炎上、集団リンチ。

幕末の志士も攘夷派から開国派にコロッと寝返る。戦中、ファシズムに盛り上がった国民は、敗戦後戦勝国に押し付けられた民主主義に即座に「万歳！」転向し、共産主義にさえ憧れ、自己の権利を主張し続ける。そのくせムラ社会、政官業複合体はあらゆる時代に御壮健で少数反対派の見せしめイジメが大好きだ。

これぞ極東。我が国は地勢的および歴史的に観て、地球の「徳俵」のゆえんである。戦前のプロパガンダ（侵略戦争の根拠）「八紘一宇（日本の神々の下、世界は一家）」に極左組織「東アジア反日武装戦線」を連想するのは私だけだろうか？

日本軍

まず現在の日本の軍事力を評価してみよう。勿論私は全くの素人だから、そのレベルの話だが、国際的に英語の呼称の直訳は「日本自衛軍」だ。志願兵のみ、通常兵力で、憲法、国家予算比率などからすれば妥当な国際的評価を与えられていると感じる。『自衛隊』だと、「海保」クラスのニュアンスだから、ギャップは小さくない。さて我が国は、三つのやる気満々の軍事大国と、海上とはいえ国境を接している。頼りない外交のみにたよる、所謂「裸防衛」は戦国武将に言わせれば「座して死を待つ」局面になりかねない。

では、先の大戦で同じくこっぴどい負けを喫したドイツは、国家統一を果たした後にも、堂々と再軍備している。先ずは我が国も「自衛隊」を「日本自営軍、陸海空軍」と承認し、それにふさわしい振る舞いを提起する者が出て当然である。自国憲法九条に抵触するという話になる。私、法学も医学部の教養課程で睡眠学習した程度だが、自衛のみに限定し侵略を回避するシステムを構築すれば道は開けるように思うが。前回の歴史的過ちは重大でそれを繰り返さないためにはどうするか？　の道は杳(よう)として見えない。憲法云々以前に、幕末から現在までの日本史および世界史を冷徹に探求検討し尽くし、「太平洋戦争」の総括および反省を科学的かつ誠実に成し遂げる以外に民主主義国家が暴力装置を手にする方便はないだろう。その上で、日米軍事同盟、アメリカの核の傘からいつかは巣立たないと、独立国の軍隊とは言えないと私は思う。因みにドイツ軍は、北大西洋条約機構軍の一部である以前に、ドイツの国軍である。

熱狂！　踊る宗教？　当代阿波踊り論

私は父の仕事の御縁で、南国四国徳島に生まれ育った。徳島と言えば『阿波踊り』が一枚看板。一年を四日で過ごす良い男。この町の入れ込みようは、さながらリオのカーニバルである。名古屋から赴任してきた父は早速この奇妙奇天烈な盆踊りに深く魅せられたようだ。そして私も物心ついたときから踊り見物に連れて行かれ、見様見まねで踊り、おもちゃの太鼓を肩から吊り下げて叩いていた。そして雀百まで踊り忘れず。二十歳の頃から先年引退するまで三十年以上にわたり、真夏の焼けたアスファルト上の「ストリートダンス」に挑んだ。お盆に敢えて『外道(げどう)踊り』を追求してきた。ロック・ミュージック同様、恋愛や造反、様々な青き情熱のリベラルな表現がこの踊りの本質に思えるからだ。

阿波踊りのように賑々しく仏を迎える盆踊りは地球的にトロピカルだろう。その明るさ、屈託のなさは黒人世界の霊歌や葬儀を連想させる。ただの馬鹿騒ぎではない。お囃子や踊りの生み出す地鳴りのようなリズム『騒き(ぞめき)』が、その場にいる人類普遍の魂に共鳴して『変性意識状態』にする一種宗教的な力を持っている。私の北海道の知人が徳島の学会でたまたま阿波踊りに出会った時のこと。何故か涙が溢れ出てきた。ＤＮＡの古い記憶によるのか、はたまた共有する集合的無意識によるのか、いずれにせよ連帯意識の自然な感動なのだろう。阿波踊りには正調があるようで、ない。型にはまらない不思議な『ポリリズム』と振りに開放的な魅力がある。それが日常個々を隔てる垣根を取り払うのだろう。

阿波踊りはお隣土佐の『よさこい』同様、『連』という個性主張チーム単位で構成される。互いに感応しあうためには、各連の個性の役割を連員自ら探らねばならない。全体に耳を澄ませ、自分のリズムを出す。その点ラグビーと似る。お囃子と踊り子、更にそれを取り巻く群衆が、立体曼荼羅を形作り、生きながら彼岸に帰る密教的恍惚に包まれるといった芝居の仕掛けだ。

父はこの踊りのルーツを南方系『海人（うみんちゅ）』に委ねた。少女の遊び『あやとり』がモアイのイースター島あたりと日本に限られるという話は、太平洋にもグレートジャーニーがあった証左に思える。どうせインドネシア周辺で完成された舞楽が、島伝いにフィリピン、台湾、琉球、土佐、淡路、紀州とゆったり北上、異文化に出会いながら熟成したのだろう。チャイナ↓北九州・山陰『海人（あま）』の軍事的流入『寇』のスピードには程遠い、黒潮にすべてを委ねる南方系海人の動き。彼らの一部が数世紀を要して、瀬戸内で村上あるいは平氏の水軍に帰結するのは自然な風景だ。その南方文化が幕末、お伊勢参りと阿波で劇的に出会う！　なるほど、それなら民衆の泥臭い情熱とトロピカル文化の匂いが見事にコラボする。

最近阿波踊りが、自治体の観光協会や新聞社に露骨に商品化されているのが残念だ。

「徳島阿波踊り空港」

地方空港名称の類に漏れず、みっともなく哀れである。徳島にも他に良いものがいっぱいあるのに育てようともせず、銭にならねば切り捨て御免。本当に、徳島には阿波踊りしかないいか？　香川は「うどん」、高知は「龍馬」、愛媛は「坊ちゃん」しかないのか？　実に貧弱である。徳島に地場産業が乏しいとは決して言えまい。世界に誇れる企業、文化が実はたくさんあるのに政治とマスコミが切り捨てる。それは地方ならずとも世界的職人を擁する都会の下町工場が切り捨てられていく様に似る。なりふりかまわぬ政官業の拝金主義は伝統文化の崩壊のみならず巨視的には日本経済の破綻を招くだろうに。

現在の阿波踊りは、本来自由な踊り広場であるべき街頭が有料桟敷と有名連に占拠されている格好である。旅館や飲食店などの法外な盆料金もみっともない。目先の損得に捕われ自ら品位を傷つけているとしか言えない。実行委員会の根拠のない観光客数発表とは裏腹に、祭りが年々活気を失い寂しくなるのは地元のがめつさによるところが大きいだろう。逞しすぎる商魂の長期的な経済効果は、かえってマイナスになる証だ。徳島県民には、県外客の方々に好感を頂いて、全国的にも貴重な無形文化財である阿波踊りを後世に伝承する義務があると思う。

観光客の皆さんも、舞台や有料桟敷で有名連の踊りを見るだけの阿呆では正に「損、損」。般若湯の力を借りて、もう一つ阿呆になって、踊りの輪の中に飛び込んでみてはいかがかな？　ひょっとすると人生観まで変わるかもしれない。阿波踊りにはそんな不思議な力が確かにある。それは一地方の行事ではなく日本を代表する祭りであり国際性さえありそうだ。そんなボーダレスを一人でも多くの日本人そして外国人に体感してほしいものである。まだまだ貢献したい。

最後に一句。

ボロ太鼓担いで渡る阿波の盆　龍祭

波乗り

学生時代、ラグビー部所属の格闘家にもかかわらず、サーフィンをかじっていた。と言ってもビッグウエイブ狙いのアスリートとしてではなく、サブカルとしてやっていた。ストレートのチョイロン毛にミラーのレイバン、カンフーパンツにコンバース履いて、所謂チャラい『陸(おか)サーファー』である。当時神奈川県民、悪臭漂う大磯ロングビーチはウエストコーストだと信じていた。台風が近づくと、ごくまれに一平米一トンの波の壁に挑んだが、それはラグビーで密集に突入するノリに似るドMの快感であった。

トヨタレビンハッチバック（国産のタフでいかした名車であった）のルーフに、大型のド派手ボードをしっかりと固定して、トロピカルステッカーをペタペタ張った。カラパナを大音響でかけて、町を流せば、さながら藤沢市観光課の街宣車（もちろんそんなものあるわけないが）だ。海に入っている時間より、赤坂六本木の「この世の極楽ディスコ」で踊っている時間が確実に長かったことを少し自慢しておく。

老人ノスタルジーはさておき、サーフィン用語を使いながら、波の話をしよう。無理して頑張らずに波になろうという話を別項でした。サーフィンは波の斜面を滑降するスポーツだが波の良しあしは風に依存する、スキーのジャンプと似た力学。乗りやすい良い波は、オフショアの浜風を受ける波だ。波が正面からの逆風を受けて、胸を張って屹立した状態でブレークしにくい（壊れにくい）。

オンショアの背中を押される海風を受けると波頭から前のめりに崩れていく。たちまちワイプアウトしボードはどこへやら、パワーゾーンに揉まれ天地不覚、溺死の危険もあるのだ。

正に「好事魔多し」

順境が順風満帆ではないということ。裏を返せば、日常生活も逆境に心折れるな。

「災い転じて福となす」むろん程度問題だが、逆境こそ前進するチャンスである。

ボブ・シーガーの『アゲンスト・ザ・ウインド』エモい名曲だね！

適度な抵抗がある方が、自然に身を任せて波として前進する自分が安定するというシェークスピアの警句に落とし込んでみた。

廃仏毀釈

「昔々この国では、八百万の神々と三世諸仏がそりゃあ仲良く暮らしていたそうな。ところが愚かな人間どもは、何と神仏の仲を裂こうとしてそのあと酷い目にあったそうな」

明治の初年、新政府が自らの宝を破壊するという狂態が演じられた。神仏分離令及び廃仏毀釈だ。西洋諸国を模しながら、「国学者」が国家神道つまり「天皇教」を無理やりインストールした、太平洋戦争敗戦に至る、悲劇のプロローグである。明治初期、多くの仏教系の世界的文化財が散逸し或いは灰燼に帰したのだ。各地の寺社の縁起を紐解くと、その爪痕の凄まじさに唖然とさせられるが、真実は相も変わらず歴史の教科書に掲載されるわけもない。タイムマシーンがあれば過去に溯り、超豪華な国宝ツアーができるのだが、正に後の祭りである。

私はこれでも、母国の風土、文化を愛して、現在の日本国民であることに誇りを持っている。そして国家及び地域のために尽力することは国民の務めだとも思う。また独立主権国家として、国旗や国歌は当然必要だとも考える。ただその「日の丸」と「君が代」の出自不明に、かつてマザー・テレサに指摘された日本の歴史的および文化的貧しさがあるのではないか？　否、歴史の捏造である。まずは「明治維新の捏造」国歌、国旗、そして菊の御紋の出自は？

文献は語る。

「天孫降臨」

知的生命体が朝鮮半島から北九州のどこかに飛来したというのだ。疑似科学だろうが、神秘だろうが関係はない。

阿蘇山麓の「高天原」にはマジに「プレデター」が降臨したのか？

勿論天空から来たのではなかろう。北方から最新鋭の陸海軍力を誇る騎馬民族が南下したのだろう。

「君が代」の作曲は明治期のドイツ人、詞はどうやらヘブライ語らしい。なぜ真実を公開し、歴史教育に反映しないのか？　私には宗教問題を超えた「廃仏毀釈」が未だに続いているように思われる。もし妄想が国民性であるなら、もはや亡国しかないだろう。これは他項に詳述する。

国際社会で評価されるのは経済力や軍事力ばかりではない。諸外国は確実に日本の「心ジャポニズム」を見ているのだ。

「欧米には体力があるが、日本には胆力がある」

とのたまう先輩武道家もいた。しかし日本人に求められているのは、最新の国際人たるべき精神の成熟ではないか？　自らの文化を保存し育んでこそ、大人の仲間入りができるに相違ない。日本が胸を張って、自他の理不尽に対して〝ＮＯ〟と毅然と言える日がいつか来るのだろうか？

最後に一句。

陵（みささぎ）に入道雲の顔を出し　　龍祭

発心

私の具体的な求道の発芽は概ね三十年前、お大師さまのふるさとである四国でのことだった。当初はチャイナの道教や気功を中心とした、臨床心理学およびその先に仮に据えるスピリチュアルな超心理学研究を目的としていた。その後数多のご縁により、真言密教色が前面に押し出されるようになり、御本尊倶利伽羅不動明王をお迎えし、現在に至っている。その間全国の様々な方々と不思議な御縁で巡り合うことになった。

そして、お大師さま、お不動さまのお蔭を持って、自分のみならず、数多くの方々の人生に奇跡的な出来事が起こってきた。また私は友人の力に支えられて、東洋哲学の世界に止まることなく、阪神大震災医療救援活動、ネパール救援活動、自然環境・歴史的文化財保護活動など、現実社会にも細やかな足跡を残すことができた。これも偏に両親親族および魂の兄弟たちの御尽力の賜物と深謝して止まない。

それが正統の系譜であることは衆人の認めるところではあっても、権威ある巨大組織ともなれば柔軟性を欠き、時代の要請に敏感に対応できないようなこともあろう。私はアマチュアイズムを貫きたいがために、大恩ある道教、仏教、神道および修験道とは敢えて異なったスタンスの東洋哲学を「一匹狼」で、模索してきた。今後も私は、宇宙の導きに従い、密教の神髄を探究・実践し、二十一世紀の地球のために微力ながら献身し、後輩に遺産を委ねる覚悟である。

思えば私の少年時代、高野山での神秘体験が、長い道程を経て結実したのが密教行者だった。そして私の小さな波動は波紋となって多くの方々の魂に共鳴したようだ。

願わくは、密教の妙音鳴り止まず、遍く共鳴し続けますように。

秘仏

『秘仏』と聞くと『秘宝館』を連想する。有難いよりもいかがわしい感じがするのは、私だけだろうか? 文化財保護等の理由で本尊を厨子に閉じ込めるのは、四国八十八ヶ所等の巡礼寺院に特に多く見受けられるようだ。閉じた厨子の前には『前立て』と称する本尊のレプリカを安置し、代理の尊像とすることが多い。仏教に限って言えば、『偶像崇拝』を戒める教えは私の記憶にはない。天部の諸尊のように、公開するにはキャラクターがスピリチュアルに厳しそうな特殊例は、確かにありそうだが。

仏尊を参拝者の視線から遮ることは、寺の勿体ぶった権威主義の表れでしかないように思える。仏像は本来、御仏或いは修行者の悟りの姿を、時空を超越して広く行者及び衆生に伝えるためのメディアであり、像自体に霊力が宿るか否かは別問題である。拝観つまり「観てなんぼ」のものだ。

行者にとって、偶像は穴が開くほど凝視すべき師匠であり、決して厨子の闇に幽閉してはならない。固く閉ざされた扉が語るものは、拒絶、差別および虚構であり、御仏の説く容認、平等および真実とは全く相反するものである。ましてや参拝客から拝観料をとっておいて開帳しないのは、詐欺行為以外のなにものでもなかろう。厨子を開放することで、光線が像を損傷するなら、ハイテク満開の当世、適切な対策およびメンテをすればいいだけのこと。そのための賽銭、拝観料余りあるだろう。実際、惜しげもなく公開されている国宝仏は数多あるのだ。

住職も秘仏本尊を殆ど拝謁することはないそうだが、彼は行法時、想像の世界だけで深い定に入ることができるのだろうか？　誠に優れた観想に感服するばかりである。それなら他の宗教宗派が説くように、偶像など不必要ないし有害に思える。もし住職が本尊をしまいこんだ上で十分な供養を怠っているなら、正に「先人仏彫って、自ら魂入れず」お話にもならない。

以前、ある仏像愛好家にお話を伺ったことがある。彼が滋賀県の名刹を訪れ、住職に重文薬師如来拝観を願ったところ、

「三万円です」

住職は無機的にそう答えたそうだ。もしやそれが『お題目』か⁉　その胡散臭さたるや政治家レベルでないか？

「遍路道とそれをこさえた空海は大好きだが、坊主は大嫌いじゃ」

とは、我が亡父生前の弁である。

このような日本仏教の現状では、須らく廃仏毀釈のような受難が再び待ち受けているかもしれぬ。伝法(でんぽう)などとても覚束ない。

敬虔な信者は尚も多く現存する。にもかかわらず、一部の住職はその法事情報をパソコン入力し、ろくに拝みもせず集金に奔走する。神仏を拝まず金品を拝む。猛省を願いたいものだが、宗教家の拝金主義は洋の東西問わず、寓話にも定番で悪役の最たるものなのかもしれない。

例えばユダヤ人高利貸しを扱った『ヴェニスの商人』

陰謀論に彩られた、ユダヤ系ドイツ人の、金融業および軍需産業で財を成した超富裕層ロスチャイルド。それらをモチーフにしたであろう名作『虚構?』である。そんな状況がファシズムナチスの攻撃材料にされて惨劇と憎悪は現在まで連鎖している。

物理学と哲学

ノーベル物理学賞受賞研究はここ数十年間、古典物理学（ニュートン、マクスウェル等）後の超微小世界の物理学である。クォーク、ニュートリノ等の量子力学が主流のようだ。実に不思議な理論で、粒子と波動の二重性、非実在性、不確定性、エネルギーの壁をスルーするトンネル効果。ただこれは飽くまでミクロの世界の話で、現実スケールに当てはめると、神秘的なオカルトになってしまう。やたら、微分、虚数の多い眩暈を催す数式を眺めている分には文系の連中は静かだが、

「ある時は粒子として振る舞い、またある時は波動として振る舞う」などと詩的に説かれると、哲学者は、

「実在は本質に先行する」

仏教学者は、自らの宇宙観

「無常無我」「因縁」「因果応報」「色即是空、空即是色」

あるいは、

「空海の著書の虚空蔵菩薩求聞持法修行のくだり、方丈記のイントロ」などを挙げ、冷徹な世界観のレトリックに余計な参加を強引に試みるものだが、私もその一人だ。

数学の線形代数（数列ベクトルと行列マトリックスによる多次元表現）も含め、天文学以外のスタンスから、宇宙を探索するのは壮麗で神秘的と私には思われ、生命科学者の門外漢が首を突っ込まずにはいられないのである。

癖の意味するもの

なくて七癖。誰にでも何らかの癖はあるだろう。癖という言葉は、特徴・個性とも取れるだろうが、普通はあまり良くない意味で用いる。悪癖とは、仏教の中道、正道（しょうどう）に反した偏った習慣のことだ。悪癖と言っても「悪い遊び癖」とか「人に迷惑をかける性格」といった意味ではなく、「自分にとって意味のない無意識の仕草」を指す。このような癖は、何らかのストレスに曝された結果生じる心因反応、つまり内面からの警告であり、内面の歪みの代償（肩代わり）であるとも理解できる。

例えば、舌や唇、爪や指先、又は箸などの食器を噛む。唇を嘗める。口をとがらせる。歯ぎしり。眉間のシワ寄せ。貧乏揺すり。顔や頭を触る。首かしげ。作り笑い。足を組む。独り言。視線が定まらないなど。これらは、心的外傷、脊椎や運動器の損傷、血流障害、気の流れの停滞、欲求不満、焦燥感、自信喪失、被害妄想、対人恐怖など、心や体の悲鳴（脳幹の機能不全）かもしれない。またこれらは周りの人々も愉快ではなかろう。

特に口に関した癖を古人は「餓鬼道」と結び付けた。文字通り、お腹のすいた人の浅ましい行動を揶揄したのだ。それは、現在の日本のように衣食足りた状況では「愛の渇望」を意味するのだろうか？　昔の高僧や武道家は、人が歩くのを見ただけで、或いは足音を聴いただけで、その者の心の状態や健康状態が分かったという。

癖を無理やり矯正すると、代償（はけ口）がなくなりかえって内面の乱れを助長することがあるかもしれない。悪癖が自然になくなることを目安に、スポーツなどで心身を調整するのが一番だろう。

密教瞑想

瞑想というと一般には「禅」が連想され、山野での荒行や煩雑な作法のイメージが強い密教は瞑想とはまるで無縁のようだ。しかし実はそうではなく、密教でも『瑜伽（ゆが）』つまり瞑想（『観想』と言う）は行法において大切な地位を占める。むしろ密教瞑想の方が、禅よりも遥かに鮮烈かもしれない。『護身法（ごしんぼう）』『結界』を行うため所謂『魔境』（バッド・トリップ）を恐れることがない。それゆえに密教瞑想は、深く定（じょう）に入り『加持感応』『即身成仏』にまで至るのだ。あらゆる修法（しゅほう）は観想のためにあると言ってもよいだろう。密教瞑想は禅に比べて、動的かつ立体的である。

代表的な密教瞑想に『阿字観』がある。『阿字』とは宇宙仏大日如来の『種字（しゅじ）』、つまり宇宙のシンボルだ。その行法の中で、阿字を頂く蓮華を内包する清浄（しょうじょう）な満月を胸中に収める過程『月輪観（がちりんかん）』がある。そして娑婆の曇り（三毒）を除いた本来の自心を、水晶球のようにイメージする。

胸中の満月は、インドのヨーガで言う、心臓の位置の第四チャクラ（アナーハタ・チャヤクラ）の活性化である。このチャクラはわかりやすく言えば期待と不安「ときめきワクワク、胸騒ぎドキドキ」のセンターだ。我々は山林での修行中、無意識のうちに月輪観を行なっている。山林や滝が我々に瞑想法を教えてくれるのかもしれない。密教が山野での修行を尊ぶ所以がまさにここにあると思う。

行者が地球の大自然や宇宙の神秘を感じて（宇宙の光を頭頂のクラウン・チャクラで、地球の愛を尻尾のルート・チャクラで感じ、行者が天地になる）、それと一体化することにより、現実に働き掛けさえする。インドヨーガのクンダリーニ瞑想法に近い。これが密教瞑想の真髄だと、私は思う。

民主主義の覚悟

帝政・王制なら当王家の私利私欲。革命後の共産主義一党独裁体制なら党主流派の私利私欲による国家の私物化は当然の流れだろう、専制主義である。しかし自由主義・議会制民主主義体制ならば、国民の与り知らぬことが、日常的に繰り返されるはずはない。だが実際にはどうだろう？　真の独立国とは言えない「属国」だからか？　狡猾に支配する本国や、国際地下組織に国家財産を密かに持ち出す輩。それが皮肉にも、右派を標榜する連中が、あろうことか、私利私欲を逞しゅうして、陰謀に手を染める国賊となる。つまり外国に貢献する国家主義者となる歴史の常。

何故民主主義国家でそのような理不尽が発生するか？　そこでは国民は本来自由、平等なはずである。

では自由とは何か？

「自分の目で観て、自分の頭で考えて、自分の言葉で語れてこそ、一人前だ」とは、私の亡父の口癖であった。「自立なき者自由なし」なるほど医師の発想だ。今思えば、それこそが自立した『自由人』ではないかと思う。

社会で自由に振る舞うためには、治者となりその責務を果たし、それぞれに見合った社会貢献が必要だということになる。「自立した国民を支援する選ばれし政府」議会制民主主義の先輩、ユナイテッドキングダムは、王制でありながら国民が治者として、立派に機能している。それでこそ「主権在民」だ。換言すれば、今の日本人は「平和ボケ」などではなく、責任を担うのが面倒な未熟な怠け者だと思う。右派の専制主義に身を任せて、駄賃をもらって生ける屍のごとくなされるがまま、抗わず、彷徨っておれば、これほどの怠惰はあるまい。

重要なので、総括する。民主主義国家は、治者たる個人の自立支援をすべきである。それは教育と福祉だ。自立した個人は、自由な社会貢献による報酬を手にする権利と義務を有する。これは利己主義では決してない。利他個人主義だ。

冥界と輪廻転生

『冥界』とは仏教用語で、一般に用いられる『霊界』のことである。この話は私の瞑想体験と仏教書を根拠としている、つまり疑似科学である。また一般の仏教では霊魂は存在しないものとして扱うことが多い。ただ本書が人間のソフトウエア、意識をテーマとしている以上、避けて通れない命題なので考察する。

まず、冥界を『物質界』の対語として捉えたい。

物質界とは、意識が肉体というハードウエアを持って、惑星およびその衛星で生活する場、この地球上の現実を指すといってもよかろう。意識の主体である「私」は肉体を持っている。生老病死、四苦八苦、心の三毒が定めである。更にいかに生物に適した環境の地球といえども、様々な天変地異があり、有害生物もウジャウジャ存在する。そして人間に生まれたとしても、人間関係、生存競争、弱肉強食。飢饉、差別、戦乱。近代では、環境および生態系の破壊、テクノストレス、このように人間の意識にストレッサーが絶えることはない。略奪、悪意の連鎖、凶悪犯罪、戦争、事故、難病、さながら生き地獄である。

何故に我々は地獄に何度も生まれ変わり（輪廻転生）、生きるか？　わたしはそれを、「宇宙のミッション」と捉えている。ミッション完遂すれば輪廻転生から解放され冥界で永遠の隠居生活？　それを『解脱』と言い修行のゴールに設える。人間を主体にした表現をすれば、ハードルの乏しい冥界では不可能な「魂の修行」である。当世の言葉では、『アセンション』かな？　密教の『即身成仏（物質界で生きながら仏になる）』もほぼ同義と考える。宇宙におわすハイヤーセルフと繋がって物質界で生きるのが、私の『即身成仏』の定義である。

私は、両界曼荼羅の『金剛界』を諸仏の悟りの世界として冥界に、『胎蔵界』を修行の現場として物質界に、やや強引に結びつけて瞑想をしている。

因みに、冥界と物質界はパラレルワールドで、稀に交通することがあるようだ。

我々は物質界に愛に包まれた両親を見出して、この修羅場に生まれてきて『生老病死』を存分に思い知る。

医学生になった頃、雑誌『ＰＨＰ』を愛読した。未だ忘れられぬ、その中の一節を最後に記す。

「自分の道のはずなのに、どうして、見知らぬ景色ばかり続くのだろう」

木の文化

播州姫路市にある天台宗円教寺。書写山上の広大な寺領に堂宇が点在しており、山内を散策しながらハイレベルな仏教建築群を巡拝することができる。

書写山ロープウェイ山上駅から長い参道を行けば、岩山に舞台造の本堂摩尼殿に至る。本尊は如意輪観音。何とも密教らしい艶かしい仏です。ここは西国三十三ヶ所第二十七番札所。摩尼殿は、清水の舞台より随分コンパクト。宮大工の木の巧みと自然石の均衡が、見事一風景に収まっている。

更に進むと、コの字型に居並ぶ大講堂、食堂、常行堂の三つ堂（重文）が待ち構えている。食堂の内部が拝見できるのは有難い限りだ。三つ堂裏の、苔むした奥之院開山堂と護法堂は逆に小ぢんまりし、清楚である。

さてその三つ堂の重厚感たるや凄い。間違いなくこれがここの売りである。いずれも野太く実用的な室町初期の建立。華美を控えた実戦的な室町のゴツイ刀剣を想起させる。木材、特に梁の量感と生命力には全く圧倒されっぱなしだ。もしこれがフリーメイソンの石造りの大聖堂であれば、逆に威圧感はなかったに違いない。まさに日本だ。看板『台密（天台密教）』とは言え、実質は武士の自決を理論的擁護し、自らもチャイナの少林寺の如く、いざとなれば僧兵を用意できるサムライ禅宗。顕教の道場に、その建造物群がもたらす異形の面構えはまさに要塞であり、寺院には到底ふさわしくない風体にも思える。

ただ、もし各堂がある程度距離を置いて孤立してさえいれば、これほど特異な伽藍でもなかったかもしれない。しかし、それぞれが組み交わることによって各々の美的均衡は全く異なる様相を呈してしまったのである。まるで巨木の森が瞬時に化石化し、時を失ったかのように振る舞い始める。かつて鬱陶しいまでに繁茂したであろう密林の樹木は息を潜めて微動さえしない。ふと見れば常行堂と食堂の屋根の端々は熱帯雨林の枝のように纏わり付いている。木は石でもないのに、植物のしなやかさを失い無骨だからこそ鬱陶しいほど濃厚に振る舞えるのだ。

実は顕教の目論見は三つ堂の強かな配置にあったと思われる。実際囲まれてみると、迫力を通り越して威圧感を覚える。まだ三方（三宝）だからいいもののこれが四方四面であれば、我々の精神はたちまち建造物の虜になり、秘境にある精神の故郷に幽閉されてしまうに違いない。このギミック、まさに『天台止観』を具現しているとみた。

この感覚は、私がかつて京都で夜陰に紛れて参拝した建仁寺の観月感に近似すると思った。コンパクトな宇宙はなるほど、我々の爆発的に拡散する目くるめく密教曼荼羅にはない。静かに収斂（しゅうれん）する禅宇宙の抑鬱的安楽の深淵に、太古の森の住人を真似て深海生物のように泡を吐きながら身を沈めてみるのも美しい絵面かもしれない。

役者やのー、皆が名優？

私たちの生命維持には、科学で証明可能な器質的「物理化学的エネルギー」（ハードウエア）のみならず、それに命を吹き込むべき機能的「霊的エネルギー」（ソフトウエア）が必須のようだ。これを我が国やチャイナでは『気』、インドでは『プラーナ』、ハワイでは『マナ』と呼ぶ。この謎のエネルギーが欠乏すると、忽ち我々は心身に不調をきたし、不安感、不快感を覚える「病気」。これは必ずしも非科学的な概念ではないと思う。その活動の一端は、鍼（はり）の経穴（けいけつ）・経絡（けいらく）（ツボとその道）や生体内化学伝達物質の研究などによって、最近の生理学が徐々に捉えつつある。

この生命エネルギーには二つの獲得方法がある。一つは、宇宙ないしは自然から補給する方法だ。これは睡眠、自然・文化活動、スポーツあるいは他人に愛情を注ぐ行為などによるものである。もう一つは、他人から奪う方法。「人に愛されたいと願う行為」と言い換えてもいいだろう。

あらゆる人間関係には、性行動に顕著なように、見返りを期待しない愛情表現である「献身」「貢献」と、愛情に飢えた「略奪」という、「愛」がテーマの相反する二つの側面がある。つまり我々がやり取りしているパラメーターは、人間や自然を対象とする愛そのものとも言えよう。

アメリカの作家でありセラピストもあるジェームズ・レッドフィールドは、彼の世界的ベストセラー『聖なる予言』の中で、霊的エネルギーの略奪を『コントロール・ドラマ』と呼び、次のように分析している。

コントロール・ドラマとは、人間関係を自分が支配しようとする演技のことで、個人に特有な無意識の行動パターンである。その行動は現代においても、ヒトラー、スターリン、毛沢東などの暴君、最近では某国大統領や首相など、我々大衆には、劇場型の独裁政治家。彼らには共通して、民衆扇動の裡に狡く生き延びるキャラクターがある。劇場型と聞けば派手で破壊を好む宰相が想起されるが、実は我々にとって日常的なイベントの連鎖なのだ。

幼少時に大人、特に両親との関係により形成される人生の癖。それを生む典型例が思春期までのトラウマである。つまり心理ドラマの基礎には、「侵害されるのではないか」「孤立するのではないか」といった様々な対人恐怖、予期不安及び被害妄想が存在する。人間関係の中で最もエネルギーを奪い合うのが家族。心理ドラマによる家庭内権力闘争。表面的には肉親または夫婦の愛情表現でも、実は自己保存本能に基づく利己的な生存競争である。親子の場合、不本意ながら、親が子供に略奪方法を伝授しているのだ。

演技のパターンを大まかに分類すると次の四タイプになるとジェームズは説く。一つのタイプが強く出る人もいれば、いくつかを器用に使い分ける人もいる。

脅迫者：強圧的或いは暴力的に威嚇する。人に無視または攻撃されるという恐怖がある。男性（父親、夫）に多い。長たる権威を内外に示す目的で演じられることがある。

尋問者：相手の弱点を探して、問いただして、追い詰め、干渉する。自分ですべて見張っていないと、人に見捨てられ、置き去りにされるという恐怖がある。女性（母親、妻）に多い。過保護、過干渉が、「母原病」を生む。

傍観者：無関心を装い、孤独を好み、人付き合いを嫌って逃避する。居留守を使ったり、陰険に相手を非難し陥れたりもする。人に干渉され侵略されるという恐怖がある。

被害者：自分が社会的弱者であること、自らの正当性及び相手の社会悪を訴える。人に被害者であることを認知されないという恐怖がある。

一度コントロール・ドラマが始まると、必ずエネルギー争奪戦になり双方が疲弊する。これは仮想敵国に対する過剰防衛が、現実の国際紛争に繋がるのに似ている。円滑な国内外の人間関係を回復するためには、個人の武装解除、軍縮が不可欠だ。

戦争のトリガーを引く国際的「死の商人」に群がる各国の様々な利権「軍産共同体」が地球規模の巨悪と言えよう。そして、異国での無差別殺人の費用が「自分は無関係平和大国」日本の血税から賄われていることを我々は心すべきだ。

人種や国に固執しないこと。各自がドラマの演技を即時中止して、それぞれの瞑想で自分の中心と宇宙の中心を繋げてエネルギー補給することが、地球人の共存共栄のために欠かすことができない手続だ。ドラマを放棄するためには、自分や両親の演技を冷静に分析する必要がある。また宇宙との合体は、良質なエクササイズ、食事、睡眠、瞑想のほか、生きがいを感じ充実感が得られる社会貢献や、自然や芸術に親しんで情操を養うことで可能となる。

この神秘的エネルギーの理論は、我々密教行者が宇宙そのものである大日如来と加持（かじ）感応（かんのう）、入我我入（にゅうがが にゅう）（合体）することを究極目標に掲げる根拠に他ならない。古今東西を問わない人類共通の智慧は唯一つだと思う。かつての「超」国際都市長安で培われた、空海のグローバルな感性は、今なお、新世代へと更に伝承されていくべきだ。

憂国と貢献

天下の民が困窮するようでは、その国は滅びるであろう。―大塩平八郎―

湾岸戦争、アフガン戦争およびイラン戦争には米軍の劣化ウラン弾が使用された。それにより中東での放射線の人体被害は特に乳幼児において深刻らしい。これが核兵器でなくて何なのか?

我々「平和日本」は、沖縄県で顕著なように、支配国である「核の傘」アメリカ軍の軍事支援を続けている。その爆弾が世界中に直接、間接にばら撒かれるのだ。その資金の一部は我々の血税である。つまり我々は世界中の貧しい民を惨殺するために日々働いていると言えないでもない。

アフガン戦争に、米軍の後方支援という形で、我が日本国防軍は参加した。日本の参戦は、先の敗戦以来初めてだった。軍隊が戦争に行くのは、どの国もやっていることだから仕方ない。問題は本当に国益になる参戦の仕方か否かの見極めであろう。私は原地の市民に喜ばれる支援が巨視的には日本の国益に繋がると考える。アメリカがアフガンの子供たちを殺傷する手助けをするよりも、難民救済活動の日本を含む各国ＮＧＯを護衛、支援する方が、長い目で見て国益に繋がるように思えるのだがどうだろう？

神風や沖縄戦がトラウマとなったのか？　大東亜戦争最中よりアメリカは日本人の集団狂気を本気で恐怖していたようだ。そのため戦後も何とかこの国を骨抜きにしようとした。マスコミの制御および膨大な物量と刺激的な新異文化の投入である。その目論見はまんまと、と言うよりも期待以上に成功したように思える。日本は戦後五十年を経て、軟弱国家となったようである。実に「平和日本にしてくれた戦勝国アメリカ合衆国様様だ」。ただ、「えひめ丸事故」や同時多発テロ事件等で露呈したように、最近のアメリカの危機管理能力低下には、著しいものがあるように思える。アメリカも日米安保で、軟弱化ウイルスに感染したのかもしれないとばかりに、失笑するしかない。

「日本を頼むぞ」

それが亡父の忌(いまわ)の際の大それた遺言だった。されど我が一身たりとも祖国に捧げる気は毛頭ない、ましてや友人や後輩を皮相右派に巻きこませる気なぞ微塵もない。各界指導層の自己中心的な言動を見るにつけ、貢献するのは我が国一国のためではならぬ。微力なりとも、この惑星に貢献したいと思う。冒頭の大塩の「天下の民」とは、当時の「浪速の人民」ではなく、ボーダレスの今や「全人類」であると考えるからだ。

たとえいずれかの国滅びても、願わくは地球の生きとし生けるものが幸せでありますことを。龍祭

憂国と人類愛（二人の文豪）

三島由紀夫は、熱に浮かされたように自ら主演劇のシナリオを設えて生き急ぎ、そして死に急いだ。遺作『豊饒の海』完結のペンを慌しく置いて、憂国の旗印の下自刃したのも早や半世紀以上前、享年四十五歳のときである。三島は、日本の歴史および風土をデフォルメかつ洗練した、能楽、歌舞伎に代表される古典文化の様式美をこよなく愛した。サクセスストーリーのスーパースターにではなく、「男らしい（今や死語だが）未完の英雄」（三島にとってＪＦＫもその一人であったと私は考えている）に自らを仮託しようとした。その彼にとって、敗戦後日本は皮肉にも悲劇の桧舞台であったに相違ない。

「よし！　見極めがついた」

駐屯地バルコニーでの三島の最期の言葉と言われる。戦勝国アメリカに腑抜きにされ産業文化に染められる日本人。大衆という白痴美人に媚びるポピュリズム政治家たちへの失望。それが彼の行動の直接要因だったようだ。日本の現状を観るにつけ、三島の憂国心には共感して余りあるものの、戦後日本にも散見される切腹はあまりにも時代錯誤で非人間的。三島事件は天才芸術家の常軌を逸した歌舞伎としか思えない。

三島論の矛盾はいくつかある。列挙してみよう。

まず「西洋文明対日本文化」というコンセプト。三島の完璧なまでの一糸乱れぬばかりに西洋かぶれした自宅建築様式とファッション、さらにセバスチャン・シンドロームへの憧憬……。これではコンセプトに説得力がない。褌にブランドスーツなら、竜馬の和服に洋靴のノリ。コンセプトはむしろ「和洋折衷・長崎チャンポン」ではないか？　コスプレ？

三島さん、それってダサくないですか？

日本刀に精神が入れば、核ミサイルに対しても国防は充分とおっしゃるのは、竹槍でB29空爆防空可能のノリ。むしろその歪んだ「武士道精神」の反省、先の大戦の総括が、今こそ必要なのでは？

三島は、太平洋戦争敗戦の原因を軍人の自己犠牲の欠落に帰している。極東軍事裁判まで生き延びた被疑者は少数で、多くの将校は戦地あるいは内地で、戦死、自決している。さらに核心を言えば、陸軍軍人こそ冤罪であって真犯人は平成近くまで生き延びた。したがって『靖国神社問題』は存在しない。史実隠蔽のための国際的猿芝居の一環でしかないと思う。その超A級戦犯とその一族および一派は、自らの先進国国家予算級の資材を隠匿するため我が国をアメリカに売った向きがある。それにより三〇〇万人の国民の生命と国家の威信が失われた。その国賊たちを恋慕する三島の精神は、自身が認める通り生来著しく病んでいる。

一方の遠藤周作は、老境に入って『深い河』を書き終え、自らの病と真摯に戦い力尽きた。

この一見対照的な最期を迎える二人の文豪は、青年時代しばしば文学論あるいは文化論をスコラ的に熱く語り合ったという。『暁の寺（豊饒の海第三巻）』と『深い河』を読み比べてみると、前者は荒唐無稽ともとれる歌舞伎的設定でレトリックだが、後者は近代ヨーロッパを思わせる理性を持って写実的に描かれている。しかし両者の根底に流れる精神は酷似しているように思えてならない。共通の最終テーマは何と『輪廻転生』だった。

それは、戦争の阿鼻叫喚と敗戦後の虚無が結実したものに相違ない。

敵機去りし後やっと目を開ければ、麗しき日本の残骸にうずたかく盛られた同胞（はらから）の骸（むくろ）の山々……。

「名古屋大空襲の夜の、紅蓮の焔（ほむら）の美しさ。あれより心動かされた色彩を終ぞ見たことはない」

両文豪と同世代の、私の亡父の言葉だ。

彼らの思春期および青春は太平洋戦争傘下にあった。

「人間にはインドに行ける者と行けない者があり、さらにその時期は運命的なカルマが決定する」

三島はそう述べている。意訳すると、

「インドは世界的聖地であり、天孫降臨ごとき猿芝居文化のヤマト国民では滅多に行けるものではない。もっとも自分は選ばれし者、行けたけどね」

ということ。三島のイメージが随分変わる。

このように考えてくると、『豊饒の海』執筆のためのインド取材旅行と『唯識論』を説く仏教教典が、三島に絶望的な衝撃を与え、自決の戯曲を書かせたものとも思われてならない。

遠藤も晩年、三島の航跡を追うかのように、タイのアユタヤとインドのベナレス（ヴァーラーナスィ）を訪れている。

正史と異なる国家神道という壮大な叙事詩（神話）を国際的美学にまで昇華した三島。カトリックの神学者でありながら極東日本の自然な美学を追求した遠藤。その二人がインドでヒンドゥーの神々に会い、ベナレスのガート（水浴階段）からガンジスの曼荼羅に不覚にも身を投じたようで実に興味深い。彼らがヒンドゥーの汎神論を容認したのではなくインドに飲み込まれた。生死の快楽と病苦が混沌と共存するインドそしてガンジス河は、すべての矛盾を受け入れ循環させる。あらゆる価値観はガートで焼かれ、その灰燼は河に流される。肉の腐乱を飾る極彩色の花々。今を生きる生と、死を待つ生が渾然となって、無意識の大河へと向かう。かつて父が見た、遺体と瓦礫の山を照らし出す戦火が醸し出す絶望の美術。人知によるヒエラルキーや宗教宗派を超越した、極彩色に目くるめく生老病死の乱舞が、見る者をして忘我恍惚の深淵へと追いやるのである。

かくしてかのガートで、様式美を追求した三島の「近代的自我」は瓦解し、遠藤の人類愛は不幸な完成と相成った。超人的美意識と普遍的人類愛の奇妙な符合……。神と悪魔は紙一重と言うよりも表裏一体、いや一枚の設計図に見事収まるのではないか？　独自の宗教観を標榜していた両文豪の世界には八百万の神が棲み、密教的な精神が見え隠れする。それはさながら絢爛豪華、繊細緻密な両界曼荼羅だ。仏教徒を標榜しない彼らに曼荼羅宇宙を描かせたのは、内なる深層意識の探求を好む我々東洋人の血であろう。

三島の「型にこだわるダンディズム（ブランド崇拝）」を崩壊に至らしめた唯識論は、外界のあらゆる事象はすべて、自らの迷妄に支配された意識の働きによって、仮に表現された虚像にすぎないという考え方であり、すべてのものには実体がないという無常無我の『空観』へと連なる。カール・グスタフ・ユングの意識分類に強引に結びつけてみると、大乗仏教である唯識論は、六識（表在意識）、末那識（自我意識）の深層に、迷妄が潜む輪廻転生の主体阿頼耶識（個人的無意識）を発見したということになる。密教は、更にその奥にすべてを包括する秘密荘厳心（集合的あるいは普遍的無意識ないし宇宙意識）を観て、それを曼荼羅に表現するのだ。まさに恍惚ナチュラルハイである。

私は「インドへ行けない人間」のようだが、思春期に高野山にて曼荼羅世界に出会い、憂国と人類愛の狭間で現在も思惟を重ねている。それぞ、両先輩および父の遺徳伝承と考える。

流星や余生見極むすべもなし　杏林（俳号）

三島と同い年の亡父　渡辺　健二　辞世

臨死体験

奇妙な体験をした。世に言う『臨死体験』である。年末年始の乱行が祟ってか、風邪気味なので内服した消炎鎮痛剤に過敏反応を起こしてしまったらしい。突然鋭い痒みが全身に走って、顔面および全身の皮膚粘膜移行部がひどく腫れた（血管浮腫という）。脈拍が異常に早くなり、激しい動悸がする。私も臨床医の端くれなのですぐに『アナフィラキシー・ショック』だと判った。全身のアレルギー反応で血圧が下がり、かなりの確率で死に至る。武道家で映画俳優だったブルース・リーはまさにこの消炎鎮痛剤アナフィラキシーで命を落としたとの説がある。私自身勿論初めての体験。助けを呼ぼうと立ち上がったとたんに、脳虚血を起こし意識を失い転倒……。

特に映像を見たわけではない。私は闇の中にいた。いやもっと正確に表現すれば、、闇の中に横たわる私を別の私が冷静に観ていたと記すべきか？　先程までの苦悶や恐怖が嘘のように、私はこの上もない安楽の中にいた。何のこだわりもなかった。極めて冷静に、このまま死んでもいいいし、また生き返ってもいいと思った。生死など、くだらない問題だった。これぞまさに〝ＳＡＴＯＲＩ〟御仏の境地である！　荒行までして感知できなかった境地をアクシデンタルに味わってしまった。口から生暖かいものを吐き出した、かなりな量の鮮血である。転倒時の口内挫創と容易に判断できた。

程なく私は至福の時から現実の世界に覚醒する。命拾いしたのだ。幸いなことに、救急依頼するほどでもない。

それから数日間、不思議な体験が私を襲った。流れる雲や植物の葉の一枚一枚が、妙に輝いて見える。まるで若き日々のように……。私の霊的ソフトは一度死んでリセットされたのかもしれない。

修行の足りなさを戒められたのか、後学のために神秘世界を見せて頂いたかは、今もって定かでない。いずれにせよ、御仏の救済と啓示に感謝あるのみだ。

六道（りくどう）輪廻転生

我々地球人の人生の目標は、この世の生き地獄をやめることに尽きると思う。仏教に即して、順に考えていこう。先ずは、地球の人間道の苦悩つまり四苦、生老病死を俯瞰してみよう。因みに仏教の「苦」とは思い通りにならぬ状態をいう。

我々は死ぬと天上道、人間道、修羅道、畜生道、餓鬼道、地獄道の六世界（六道（りくどう）、十界（じっかい）という考えもある）に永遠に生まれ変わるという。中でも地獄道は、ド派手にデフォルメしてあるとはいえ、地獄絵図にみられるような凄まじい苦痛の世界だ。この物騒極まりない絵面、単なる虚構にあらずと、仏典は説く。ならず者が野放しの巷に道徳を教育する、為政者のギミック、見せしめの意味合いは強かろう。虚構でなければ、パラレルワールドか？　いや、人間道における、苦痛を生じる肉体および物質ひしめく現実の生き地獄と考えるのが自然であろう。現実を見よ。独裁者による残虐な拷問、公開処刑、ジェノサイド、革命、内乱、戦争。凶悪事件、事故、疫病、難病、天変地異。僅か数百年前の我が国でさえ、人斬り包丁をひっさげた無頼漢がその辺をうろうろし、辻には高札の下生首が曝してある。餓死者、病死者の蛆虫たかる腐乱死体を避けて往来を行く。それが日常であった。現在はどうか？　派手さこそないものの、恨み、憎悪、人間関係の情念は愛欲、金銭欲が絡んで複雑怪奇。それが狂気にまで及ぶと、モノクロ程度に色褪せはするが、どうして立派な地獄絵図ではないか？　仏典によると、殺生をするとパラレルワールド地獄道に落ちるという。虫一匹でもダメという説もあるから、人間道のほぼ全員が滑落に該当するという理不尽さだ。それでは神も仏もあったものじゃない。それならいっそ、少しは甘そうなクリスチャンに改宗しようかと思われても仕方ない。因みに、人間道で貪ると餓鬼道に落ち、愚痴ばかり垂れるものは弱肉強食の動物昆虫の世界、畜生道に落ちる。諍い、喧嘩ばかりしているものは修羅道に落ちるそうな。しかしどうも「虫一匹殺しても地獄道」ちゅうの引っかかるよねえ。やはりこの世の在り方が、我々次第で六道に分かれるとシンプルに考えたい。現在の地球上は、環境破壊・汚染、戦争、ホロコースト、犯罪、飢饉、パンデミック、格差社会という地獄さながらの有様である。突き詰めれば日常、職場、近所、家庭での、人間関係の愛憎問題が修羅、畜生、餓鬼、地獄並みの狂気を生むらしい。

この難題山積の人間道で、六道輪廻転生を解脱して、皆が浄土往生を遂げると、この地球が空海の説く「密厳(みつごん)浄土」となるよう願いたい。そのためには、個人の魂の成長（民度が上がるというやつか?)、仏教的に言えば、悟りを開き成仏、それも死んでからでは遅い、生きたままこの身をもって、しかも在家で『即身成仏』、今風に言えば『ハイアーセルフ』に向かって『アセンション』するしかなさそうだ。人間道に生まれて、それしかないなら、坊主ならずとも、一生を賭してやり遂げるべきだろう。それが今、ここに生きる理由だから。

歴史観

あれほど歴史教科書問題が国内外の物議を醸した時期もあったが、喉元過ぎれば何とかで、棚上げしたままひとまず休戦というところか？　そうではない。私は出来レース、プロレス的な田舎芝居のシナリオで動いている猿芝居だと思うのだ。政治家は官僚の書いたシナリオに沿って、民衆に向かって上手に歌舞くのである。レーガンと中曾根が、そしてブッシュと小泉が臭い大見得を切る。観客の大衆が口を開いて喝采する。その間に膨大な血税は浪費され、預けたはずの年金はどこへやら。途上国の貧しい民はゴミの山に屠られる。国家間の凶悪犯罪の連鎖だ。

国家は真実を明かさないので、民間が粗野な推察と総括をするしかない。

歴史は時の勝ち組により常に上書きされるものである。史実はともかく、日本が新しい教科書でぽろりと本音を漏らしてしまった。もちろんこれは最近降って湧いた我が国の歴史観ではない。それに対し日本の右傾化を懸念するチャイナ、韓国は当然反発し、教科書の修正を要求する。さらに、わが国は内政干渉だと唇を尖らす姿勢。さてどちらが正しいか？　両者の言い分ともに尤もそうに見える。

マグカップにワンポイントの模様が入っているとする。カップを中心に向かい合う二人が、一方は模様入と認識し、他方は無地と認識しても無理はない。認識はいずれも正当で、しかも真実たるべきカップは一つである。このものの考え方を『両面観』と呼ぶ。カップにしてみれば『絶対矛盾的自己同一』ということになろうか。その矛盾を克服するには、各自が角度を変えて、あるいは席を入れ替わって俯瞰する必要がある。しかし過去の経験に基づく観察態度、つまりバイアス先入観、ましてや怨念が働く場合、柔軟な認識はそう容易ではない。区別が差別になる。

人種差別や共産主義の脅威の方が重大に思えるが、実のところ詮無い「内輪揉め」を延々と繰り返しているのが、現在の極東ではないか。日支朝、手を繋いで新時代へ踏み出せないものかと思うが、骨肉の争いであるからこそ質が悪そうだ。

攻めるも護るも命を賭するのだから、戦争には双方のお家事情による大義名分がなければ成り立たない。でもその結果、喧嘩両成敗とはならない。勝てば官軍負ければ賊軍。大東亜戦争では、日本は勝ち目のない戦いに迷いこんだ。いや列強に嵌められ見事計画通り貶められたと言うべきかもしれない。戦前の「八紘一宇」「大東亜共栄圏」とは、列強に蹂蹂躙される極東の被害を訴える、日本の独善的で稚拙なプロパガンダであった。しかし「黄色いサル」の生息する東アジアにおける、欧米列強による侵略と植民地化および大戦後の米ソによる勢力争いは、世界史上明らかだ。もし日本の戦争犯罪が無期懲役なら、より露骨な暴挙を行ってきた欧米列強はより重罪ではあるまいか？

教科書と靖国問題、外交汚職にチャイナ総領事館内連行事件。次から次へとまあ懲りもせずに……。「戦争」を総括できない諸国に「戦後処理」は永久にできないように思う。日本という主権なき経済大国の刹那主義に、絶望感を禁じ得ない日々は続く。

曼荼羅ツアー

両界曼荼羅の母性、「理」の側面である胎蔵界曼荼羅(たいぞうかいまんだら)を旅してみよう。個性豊かな諸仏が住む曼荼羅は、単なる祈りの尊像ではない。霊的宇宙の俯瞰図、換言すれば密教瞑想のガイドマップである。両界曼荼羅のように二次元の平面図に描かれたものも、我々の深層心理の立体構造を表わしている。

胎蔵界曼荼羅は頂上を水平に切除した正四角錐を考えればよいだろう。不思議なことにそれは、中米マヤ文明のピラミッドに酷似している。

この宇宙地図には、尊い仏のみが描かれるのではない。頂上の八葉蓮華中央に鎮座まします胎蔵界大日如来が『宇宙仏』つまり大宇宙の中心で、側面の階段を下るとピラミッドを取り囲む娑婆に出る。そこには遺体が転がり、その人肉を貪る餓鬼どもがたむろする。そのような地獄のキャラクターと生き仏が渾然となる。戦闘、貧困、飢餓、疫病……そして生命の致死率は一〇〇％。それは正に我々が住む物質界、地球上の有様に他ならない。

胎蔵界曼荼羅では、中心から外周へ波紋のように、またその逆方向に、同心円で霊的エネルギーが伝播するのだ。

修行により或いは天寿を全うすることによって、我々は現世から浄土への階段を上る（アセンション）が、崇高な場所に辿り着いても、まさに「有頂天」になり自分を見失えば転落の危機を孕む。片や最辺境の物質界、地球にも、諸尊に変化する大日如来の光は惜しみなく降り注ぎ、煩悩に溺れる者の仏性と感応し、決して絶望を与えることはない。仏が階段を降り、凡夫がそれを上る。一人として一か所に止まる者はなく、またその容姿、持物が異なるように二人として同じ動きをする者はない。「無常無我」である。ダイナミックな宇宙に不必要なものは何もない。清浄な蓮華は不浄、暗黒の泥中より咲き出る。それを「煩悩即菩提」と言う。悟りへの道は、肉体を粗末にせず地球上の現実をしっかりと生きるところから始まる。この霊肉の均衡は『中道』の教えの具現だ。個性と全体、情熱と冷徹な寂静。矛盾の絶妙のバランスが、曼荼羅の真髄である。無常の激流の中で垣間見られる磐石なる無我の世界。不動明王が背負う焔と足元の岩盤を観てほしい。尊像と対峙するとき、ほんの刹那にせよ我々は「即身成仏」しているのだ。

先徳が言う。

「現実の土を踏み、理想の天を仰ぐ」

蓋し曼荼羅の智慧である。

祟りと因果応報

「祟り」とは自らが酷い目にあわせた、と思われる「怨霊」から受ける報いのことだが、古人は貴賤を問わず、面白い教訓を残している。

「猫には呪われる。しかし犬は殺しても祟らない。だから『犬死』と言う?」

「蛇は執念深くて孫子の代まで祟る」

「老木を切り倒すと木霊（木の精）に祟られる」云々。

これらは古人による、自然環境の観察ないし神秘的洞察に由来しているのは容易に推察できる。科学的真偽のほどは別として、動植物の怨霊伝説の教訓は、

「一寸の虫にも五分の魂、理不尽な殺生は避けろ」

という日本的アニミズムの教訓であろう。

因果応報とは、まず原因があって、それが縁を結び、その結果が出る。言葉を変えれば、

「言動は必ず自分に帰ってくる」

ということだ。例えば、他人に慈愛に基づく献身すれば、その時とりわけ感謝されなくて

も忘れた頃に意外なところで助けられる。また逆に、殺生しないまでも人の生活権を奪ったり、故意に衆目の恥をかかせたりすると、強い恨みの念を頂戴する。その結果いつかは自らの生活権を失うことになる。つまりバチは「当たる」のではなく自分で「当てる」ということになる。いわば自傷行為。

自愛と自傷。どちらを選ぶかは一人ひとりの自由である。

渡辺イズム（あとがきに変えて）

この本を両親初め、渡辺および遠山、各務のご先祖の皆様方に捧げ、菩提とする。

「渡辺イズム」とは、亡父渡辺健二の造語である。真逆であるものさえ容認共生し、自らはニュートラルをキープして人生の精度を上げる。結果、霊峰富士のごとく広いすそ野が高みを支える。亡祖父幸太郎の発想。健二が実践。不肖私が継承、展開させ、細やかな渡辺ブランドとした。

支えてくれた家族、親族、医療、仏教の恩師、先達、拝察した全国の患者さん方、スタッフの皆および読者諸兄に感謝し、散々無理を申し上げた名古屋の出版社ｖ２の担当諸氏に深謝して、宇宙のミッションの筆を置きます。

行者龍祭　合掌

参考文献（愛読書）

（私の寸評も添付、これが本文中に引用した箇所でもある）

主要参考文献（五十音列表示）

一般書

『愛する』ティク・ナット／ハン（河出書房新社）：上座部仏教現場の声。密教人間には新鮮。

『原始仏典』中村元（筑摩書房）：上記と並列させるため、あえて順列を変えた。上座（かみざ）には当然、ゴーダマ・ブッダがおわす。我が日本密教は、さしずめ末席というところか？

「仏説」は、直接届かない。ヘッセなどの欧州の研究者とは乾杯が困難である。我々時折原始に還るべし。

『アインシュタイン150の言葉』ジェリー・メイヤー他編（ディスカヴァー21）：これぞ座右の書と呼ぶべき。

『アジアの宇宙観』岩田慶治他編（講談社）：真言密教の「道場観」のイラスト付き解説は素晴らしい。瑜伽行に役立つ。

『アメリカの鏡・日本』ヘレン・ミアーズ（角川ｏｎｅテーマ２１）：わかりやすく記せば、鏡よりコピーですね。ＧＨＱが改造し、日本は真似たということ。お互い、宿痾です。

『一流の存在感がある人の気づかいのルール』丸山ゆ利絵（日本実業出版社）：次項の続編。

『一流の存在感がある人の振舞いのルール』丸山ゆ利絵（日本実業出版社）：この星のエグゼクティブのマナーの心技体。哲学、人間工学にも触れるなかなかの力作。ビジネスマンならずとも読みたい。

『インドへ』横尾忠則（文春文庫）：ビートルズも三島由紀夫も遠藤周作もその魂はインドへ向かう。私も医師になりたての頃この書に出会って、天竺へ旅立ったように思える。現実では行っていないが。

『陰陽五行学説入門』中村璋八（谷口書店）：漢方の基礎理論として著されたようなので、医学書の範疇かもしれないが、空海を学ぶ場合、その著書三教指帰や加持の呪術性を鑑みると、シナの道教の理解も必要と思われるので、この一冊。

『上杉鷹山に学ぶ』鈴村進（三笠書房）：ＪＦＫが尊敬した理想の指導者像。

『美しい星』三島由紀夫（新潮文庫）：かのウルトラシリーズの源流と目される作品。『宇宙友朋会』という言葉の登場は、『空飛ぶ円盤』が一般的だった時代にいち早く三島がＵＦ

Oに真剣に興味を持っていたことの表れであり、私はそれよりも、瀟洒な右派としての立ち位置を崩さなかった稀人が、地球人類、核戦争等を語り、そして何よりもJFKに期待を寄せていたらしいことには驚かされた。

JFKはこの作品の数年後に劇的に暗殺される。それが三島の自決に少なからぬ影響を及ぼしたかもしれない。などと愚考してみた。世界的名著である。

『オイラーの贈物』吉田武（東海教育研究所）：指数関数と三角関数のマッチングアプリ、難解で当然。

『欧州紀行』横光利一（ゴマブックス）：額面通りなら、大作『旅愁』の取材メモ？　本編のsituationがわかり、理解に役立つ。それにしてもこの先生、漢字のレベル高し。多少腕に覚えがあっても、やや難解。著者の動的描写は、ドイツ文学の巨匠をも凌駕している。活字が映像になるサプライズ！

『オリバー・ストーンが語るもうひとつのアメリカ史1・2・3』オリバー・ストーン、ピーター・カズニック（早川書房）：吐き気を抑えながら、何とか読み終えた。疑う余裕もなくアメリカ帝国は人類史上最悪の巨大国家である。焦点を絞って日本から歴史を見渡すと、幕末から維新、広島、長崎そして沖縄。アメリカは世界中の財閥、宗教団体、闇の組織が創り上げたバベルの塔でしかない。果たしてアメリカの傀儡世界は最後の審判まで至らず、イスラムの神罰のみで済むのだろうか？　赤狩りの最中、黒人の公民権運動を援助した白人議員ヘンリー・ウォレスのリベラルが強烈に印象に残った。名著。

『華僑の風水学』鮑黎明（東洋経済）：小生若くしてこれに香港風水を学んだ。著者が夭折したのは説得力に欠けるが、今は二世のパワーに賭けてみるつもり。

『数の悪魔』エンツェンスベルガー（晶文社）：私は先天性算数アレルギーのようだ。小学校以来、授業中及び試験中に何度かパニック障害に陥った。長じて高校で『シュワルツの不等式』に出会い、こんなとんでもないものと縁を切らなければ大変なことになると悟り、以来疎遠になった。当然負い目はあるわけで、リベンジを期していた。還暦を過ぎて、治療書を様々紐解いた中の一冊である。同病の地球人は多いと思うので、テキストに再挑戦する前に読んでいただきたいと思う。

『株式会社アメリカの日本解体計画』堤未果（経営科学出版）：戦勝国アメリカに占領された日本、独立後も数多の売国奴に属国化され続けているという暴露本。疑問が腑に落ちる度、不快感が込み上げる。

『壁』安部公房（新潮社）：高校帰宅時に購入。その日のうちに一気に読んだ。思春期の大脳はぶっ飛んだ！　そして彼の作品を短期間に興奮の内にほぼ読み尽くした。それは、感動した音楽同様に一度コピー、シュレッダーかけて、バラバラの紙片をモザイクとして再構築、それをオリジナルとした。それって盗作？　でも安部公房を今読み返せば……冷ややかに見えてしまう。

『釜ヶ崎と福音』本田哲郎（岩波書店）：私、阪神大震災の折、医療支援で赴いた神戸の廃墟で、ＹＭＣＡさんの炊き出しに被災者と共に並んだことがあるが、宗教家として同じ場面での課題提起があり随分励まされた、牧師さんの美しい視座。

『かもめのジョナサン』リチャード・バック（新潮社）：革命家が新たな保守的権威となるのは歴史の定番であるが、時空拡大、天地統合、実存主義、霊的成長などの禅的、瞑想的哲学な問題を孕んでいる。名作！

『空手を始める人のために』大山倍達（池田書店）：総裁の真筆ではなかろうが、極真会館初期の入門書。極真原理主義が見える。

『カラマーゾフの兄弟　上・中・下』ドストエフスキー（新潮社）：男家族関係と異性。古今東西、これが普遍的人間関係そして宗教の権力闘争。大人と子供の平等な信頼関係を重視している点も教示的である。すべてがお見事！

『菊と刀』ルース・ベネディクト（平凡社）：三島事件後に本屋で立ち読みした。アメリカ人から見た日本人。先の大戦で彼らは神秘の国の妖怪と戦う気分であったろう。チャイニーズとの区別がついているかははなはだ疑問。

『木村政彦はなぜ力道山を殺さなかったのか』増田俊也（新潮社）：物騒なタイトルだが、裏社会から見た日本の戦後史。秀逸な取材力と文章力。一度読み始めれば格闘技ファンならずとも、この大作に引き込まれていくことだろう。

『嫌われる勇気』『幸せになる勇気』岸見一郎他（ダイヤモンド社）：万人に一押し！　アドラー心理学の簡潔な入門書とはいえ、ギリシャ以来の哲学総括。小生の哲学的支柱である。

『空海の生涯』由良弥生（王様文庫）：若き日の人間空海に恋人がいて、売春もした？！　真偽のほどはともかく、彼が数ある密教経典の中央に理趣経を据える背景になるかも。

『空海の世界』山折哲雄他（佼成出版社）：秀逸なルポルタージュ。

『空海の風景　上・下』司馬遼太郎（中央公論社）：一般向けの空海入門書としておきたい。かの竜馬同様、スーパースターが大活躍する物語。さすが稀代の人気歴史作家、面白い。ただ、密教だの即身成仏だのと宣う輩には、『お大師さま』という子供向けマンガ同様で物足りないと思う。

『空海百話』佐伯泉澄（東方出版）：父の蔵書（遺品）。小生の大病回復期、精神的に迷える時期に随分助けられた。生前、ことあるごとに対立した父に救われた。密教を現代の視点で捉えられる。佐伯先生には是非お会いしたい。ヨーロッパ哲学、とりわけアドラーとの共通点の多さには驚くばかりだ。空海が長安でギリシャ哲学に触れたと考えるのが自然だろう。

『草枕』夏目漱石（新潮文庫）：小説というより、芸術論、哲学書。自然の感動を、いかに日々の人間関係に染めずに表現できるか？　実存主義とも取れる。亡父の愛読書で、彼はこの本を地で生き抜いた凄い人。那美さんが江戸の怪談調で登場するのは真骨頂。那美さんは美しい女だが、所作が自作自演でわざとらしい。それでは、絵にも詩にもならない。ところがラストシーン、那美さん、油断したか、素顔、自然な表情を一瞬露呈する。それは、絵になるというのだ。これは、自然主義か？　実存主義か？　難解。

『グレタのねがい』ヴァレンティナ・キャメリニ（西村書店）：小生中学時代、日本は公害列島で、環境問題の本を読み漁った。そして行き着いたのが、地球をマネーに変える資本主義経済だった、そして経済学の勉強へ、マルクスの資本論、レーニンの伝記まで読んだが、幸い共産主義とは無縁だった。いずれにせよ、グレタさんと同じ衝動を持った少年だった。

『激変！　日本古代史』足立倫行（朝日新書）：インパクトには乏しいが、その分冷静な学術書に近い。筆者の九州説が自然に伝わってくる。共感！

『現代数学の考え方』イアン・スチュアート（千曲書房）：大学の数学。エピローグが、ゲーデル定理。精緻な砂曼荼羅が完成された瞬間に破壊されるようで爽快なような、恐怖なような複雑な感覚。あまり数学にはまらなくてよかったかも。でももう少し楽しんでみるか（笑）。

『構築された佛教思想　覚鑁(かくばん)』白石凌海（佼成出版社）：日本真言宗中興の祖覚鑁に私は少なからぬご縁を感じてきたが、即身成仏副読本の一冊である。名シリーズ。

『構築された仏教思想　空海』平井宥慶（佼成出版社）：格調高い密教理論書。曼荼羅宇宙や即身成仏瞑想の基盤となりそう。

『幸福の哲学』岸見一郎（講談社）：怪しい宗教団体みたいなタイトルだが、実践西欧哲学の名解説書。

『高野聖』泉鏡花（集英社）：時代的に夢野久作とダブるが、エログロ奇譚の中に、日本の風土と文化の深奥がぎっしり詰まっている。過酷な自然が孤独な心象に投影する怪奇現象は、山林修行の原風景だ。あな、恐ろしいことよ。

『ゴーイング・ウィズイン』シャーリー・マクレーン（角川文庫）：いわゆるニュー・エイ

ジの代表格。宇宙的思考と、地球的瞑想。自分の尻尾を地球のコアに絡ませる「クンダリーニ瞑想法」を簡単明瞭に解説、仏教徒もぜひ読みたい名著。

『こころ』夏目漱石（新潮社）：移り行く時代を超えた人間普遍の課題は、善悪や愛欲ではなく、「他者の人生を操作する者も操作される者も、社会性を失い自ら孤独を選び幸せにはなれない」ということではないか？　それなら、兼好や長明は隠遁者を標榜しながら、実は密かに良好な人間関係を維持したのではないかとも思われる。洋の東西を問わず、文豪はＳＦではなく、私小説を書かざるを得ないものだと私は思っている。その精神は当然、真摯で苛烈な収斂の継続を余儀なくされよう。漱石もまた、その青春期から最期に至るまで、神経症、心身症に苛まれ続ける。そしておそらくは「私の自立」ではなく「則天去私」に辿り着いたのではないだろうか。それにしても明治の江戸の風景、動的描写はさすが見事！　戦後のモノクロ日本映画を見るが如し。

『心を整える。』長谷部誠（幻冬舎文庫）：野球の大谷、フィギュアスケートの羽生と並ぶ、マルチ優等生トップアスリート。良い意味で、「親の顔が見たい」好青年。私のＪリーグのチャライメージが払拭されたインテリ！　この本のお蔭でニーチェを再考できた。どのジャンルにもいるんだねえ。

『五輪書』宮本武蔵（致知出版社）：言わずと知れた剣豪の兵法書。五輪とは五大、仏教宇宙の構成要素である。そう謳う分、孫子より、精神性、霊性を重んじている。相手の気を読み制御する。他の格闘技や集団の球技にも当然役立つ。

『最新　宇宙の話』渡部潤一（日本文芸社）：密教は空海を介すると宇宙の話ともいえそうだ。最新物理学がミクロコスモスなら、これはマクロコスモスのイメージ。空海の直感の世界のように私には思える。

『自覚と悟りへの道』森田正馬（白揚社）：神経症（ストレス病）対処の仕方、仏教的アプローチ、あるがまま、中道、より導いた「両面観」は現代に生きる卓越した知恵である。

『シッダールタ』ヘルマン・ヘッセ（新潮社）：ゴータマ対シッダールタ！　教団対教祖、現実対神秘、知識対知恵あるいは顕教対密教か？　本家対元祖は、つけ麺と変わらぬが、そういえばイエス対キリストという構図がカラマーゾフにあった。ヘッセも神経症になるわけか……。

『自分の名前にありがとうを唱えるとどんどん幸運になる！』愛場千晶（コスモ21）：仏教的に言えば、三毒でチャクラが曇ると排他的、自虐的になる。それを修正する心理学的知恵。我々ニュー・エイジ世代には懐かしいペルーの教えらしい。効果的。

『ジェームズ・ボンド・ライフスタイル』ポール・キリアジ（展望社）：言わずと知れた007シリーズの主人公である。映画ファン向けのハードボイルドの出版物かと思うが、これが、自己啓発、意識改革、「潜在意識」「宇宙」「引き寄せの法則」瞑想という言葉が次々と飛び出す、敢えて言えば「スピ系」の優れものなのだ。

『昭和こどもゴールデン映画劇場』初見健一（大空出版）：著者は小生よりジェネレーションが下だが、鑑賞した映画はかなり重複している。そこで、小生もかつて映画少年であったことを思い出した。高校さぼって、フランス映画等、よく見に行った。「そうだ。俺は、実は葵真吾、ジェームズ・ボンドあるいは田沼雄一だった！」

『新十八史略　天の巻、地の巻、人の巻』常石茂他（河出書房新社）：ボーダレス、大陸特有の暴力と性愛の物語。小生、自らの荒廃した青春時代に読みふけった！　チャイナ史の大河を渡れる日本人必読の書。ダイジェストなのに面白い。著者の諸先生の漢文力に脱帽。

『新約聖書』日本聖書協会：道徳の暴走。黙示録の脅迫でダメ押し。去勢された個人は、知らぬ間に集団異常行動に至る宗教の基本マニュアルの一つ。しかし、これ読まずして、欧米の文学も宗教論も無理。

『数学1・2・3…∞』小針アキ宏（日本評論社）：社会人の数学再教育の教科書で一押

でした。

し。行列などかけている項目はネットの講義で補った。線形代数理解の基礎体力養成目的

『数学がわかるということ』山口昌哉（筑摩書房）：数学は、数式を展開させて解に至る。それは魔術のような面白さ楽しさがあり、美しささえある。それは文化だ。他分野とのコラボもある。中世には、カトリック教会との正に命がけの論争をしている。この本の数式は大学レベルであり、高校数学を卒業しなければ難解だ。小生は、先天性時空間恐怖症でないかとも思った。前世で成仏していないのでは？

『数学受験術指南』森毅（中央公論新社）：小生思春期に、数学アレルギーに罹患した。それも血圧が下がるほどの重症である。この年になり、死ぬまでに治癒せしめようと、脱カンサ療法に取り組んでいる。そこでかき集めた本の一冊。前半は確かに成績を上げる勉強法であるが、後半は人生におけるものの考え方、つまり哲学である。全体にわたり筆者の後輩および若者に対する愛情が感じられる好著。

『〔図解〕マンダラのすべて』西上青曜（ＰＨＰ）：洋の東西を問わず、人類が考案した「宇宙の設計図」の両界曼荼羅に至る進化過程。画家だけに画像が豊富。

『生と死はメビウスの輪』ジン・プランク（東京図書出版）：私が今までに出会った、仏教

僧侶、仏教書は、「死後の意識」や「霊魂」について、酒席での戯言などを除いて、まともに語ろうとしなかったと思う。まるでタブーのように。おそらく、学問的に外道とされているのだろう。しかし私は、宗教哲学が、それらのテーマを避けて通ることが逆に「王道」とは思われない。次の書籍と共通するが、物理学などを用いて、言葉にしようと試みる画期的な好著。

『聖なる予言』ジェームズ・レッドフィールド（角川書店）：なぜ古代ペルーにこのような知恵があったか？　マヤ文明はエイリアン・コンタクトだと思う。中でも心理学の『コントロール・ドラマ』は学んでおきたい。

『ゼロから学ぶ量子力学』竹内薫（講談社）：粒子と波動を、実存と本質、あるいは色と空に対応しやすく書いてくれてあるのがありがたい。工学の専門家でなければ、数式を飛ばして学んでも、パラレルワールドの理解の助けになる名著。

『善の研究』西田幾多郎（岩波書店）：高校生の時、「絶対矛盾的自己同一」という言葉のリズム感に酔いしれた。

『相対性理論がみるみるわかる本』佐藤勝彦（ＰＨＰ研究所）：空海あるいは真言八祖は、この宇宙の仕組みを知っていた。いや感じていたと私は思っている。我々凡夫が宇宙を知るには、天文学、物理学を探求構築する以外になさそうだ。そのイントロが「相対性理論」この辺から紐解いて、「空」「曼荼羅」「即身成仏」を理解する一助としたい。「明星来映す。谷響きを惜しまず」

『その名は、バシャール』さとうみつろう、ダリル・アンカ（ヴォイス）：エイリアン・コンタクトという神秘的なジャンル。量子力学や分子生物学を言語としている点が面白い。その哲学がハン師等の上座仏教に酷似するところに注目している。

『孫子の兵法』杉之尾宜生（日本文芸社）：勝者のためのバイブル。

『歎異抄』金山秋男（致知出版社）：日本浄土教の聖典。信心の重要性は新約聖書を思わせる。絶対他力の易行は、密教の難行苦行の対極に思えるが、意外にも。即身成仏は共通の課題である。小生のように自我の強い「悪人」には信心は難行である。

『地球でアセンションできる条件』シルバー・あさみ（知道出版）：個人のイメージが、現実の社会を形作り、社会貢献が個人の目標になる。仏教、密教、アドラー哲学、いずれにも共通するテーマである。このジャンルは、最近のエイリアン・コンタクト、さかのぼれば、前世紀末のニュー・エイジに当たるだろう。欧米のクリスチャンのセレブが、かつてビートルズがマハリシに傾倒したように、ヨーガ、禅、武道を垣間見たスタンスが継続しているように思える。その神秘性がオリエンタリズムを遥かに飛び越えて、地球外知的生命体に到達したのかもしれない。

『超約ニーチェの言葉』フリードリヒ・ニーチェ（ディスカヴァー・トゥエンティワン）：とりあえず神を殺しておいてから、個人の主観をメインに据え、自己リスペクトを勧める実存主義。こんなポジティブ思考がなぜ精神の崩壊に至ったかは謎。

『超訳　方丈記を読む』小林保治（新人物往来社）：時空超越のルポルタージュ付きエッセイ！　逆に平安京古典に浸りたいなら、枕草子がオススメ。人生、時間が限られている。まず短編名著から抑えるべきだね。

『ディープな数学の教科書』難波博之（SBクリエイティブ株式会社）：誤解されている数学基本用語の解説。義務教育でちゃんとやれよって感じです。

『デミアン』ヘルマン・ヘッセ（新潮社）：「自らを見つめ、自らをいっぱいに生きよ」これはまさに禅の教えである。それに飽き足らず密教曼荼羅的な世界観に至る。

『道元禅師のこころ』中野東禅（廣済堂）：顕教の秀逸なガイドライン。

『東大生の超勉強法』吉田裕子著（柑出版社）：東大生、同卒業生と言えば、羨望を通り越して珍獣がごとき好奇の眼で見てしまう。そんなスーパースターたちが、高級官僚として、低能政治家のスキャンダルに関わって敢え無く転落といった結末も少なくない。わが中学の親友が、サッカー主将を務め、ロックを聴いてギター弾き、エロ早熟にもかかわらず、東大に現役でニュルッと入った。それも中学からの、自然な計画通り！　彼は現在、ノーベル賞候補であるという噂も耳にする。引き換え、小生は偏差値のあまり高くない私大医学部を両親に何とか卒業させてもらった。このギャップ！　彼らの偏差値の高さ、そのバイアスの正体とは、大人びた自主性ではないかと今更思う。本書は私の期待にそぐわず、受験指南書というよりは生涯教育書、人生実践哲学書そのものである。残念ながらコンビニ本のため、もう廃版であろうが。

『唱えればかなう真言事典』中野展子（国書刊行会）：現世利益を目論む、いわゆる雑密の入門書、御大師様が命を賭して持ち帰られた純密から哲学を削ぎ落とした形骸のみの原始密教と言えようか？　楽に現世利益をというハウツー物。

『中原中也詩集』河上徹太郎編（角川書店）：日本のソングライターで影響受けた人は多いと思うよ。

『70年代ロックとアメリカの風景』長澤唯史（小鳥遊書房）：ロックミュージックというカウンターカルチャーを通じてコスモポリタニズム、ＳＤＧＳへのアセンションを試みた地球人の戦後史。

『日本型「談合」の研究』梶原一義（毎日新聞出版）：聖徳太子の「和をもって貴しとなす」の和国、仲良しは良いが、皆で悪さをする習慣は自立の妨げとなる？

『般若心経入門』松原泰道（祥伝社）：大衆版昭和仏教の古典。小生の菩提心はこの書から十代で始まった！

『人はなんで生きるか』トルストイ（岩波文庫）：人は一人では生きられない。したがって社会生活の中での助け合いとなる。その人助けの原動力は慈愛である、と、著者は原始キリスト教の立場で説く。

『不安が消えるたったひとつの方法』長南瑞生（カドカワ）：自分の死とともに生きる。まったくの一般人の視点がありがたい。密教人の私が強引に意訳すれば、「原始仏教に学ぶ、即身成仏する心構え」ということになろうか。

『深い河』遠藤周作（講談社）：本編参照

『富嶽百景』太宰治（青空文庫）：高校一年の時、太宰治集読破したので、ほとんど読んだが、太宰は、生来のいわれなき劣等コンプレックスに苛まれ、強烈な承認欲求に生きて、身悶えしながら筆を執った。従って病的心象のオンパレードである。しかしこれは、まともな精神状態の希少な作品。しかし、富士と月のブルーが印象的な思春期の世界だった。

『仏教における神秘の構図』天野宏英他（東方出版）

『ブッダの獅子吼』北川達也（コボル）：原始仏典に法華経を追加するとこれほどモダンになるのか。さすが天台諸宗を育んだ法華経はパワフルだな！　バシャール関連図書らしく、ハイアーセルフに帰結するのは興味深い。

『不動心』尾関宗園（徳間文庫カレッジ）：未来は今、過去も今、ここが出発点であり、目的地である。仕事でも、遊びでも、休みでも、今ここで切羽詰まって、何とか自分をいっぱいに生きる心が、あれこれぶれない不動心。禅の教えだが、原始仏教にも、密教にも、ギリシャ哲学にも通ずる、ハイアーセルフの知恵である。

『不動明王から力をもらえる本』羽田守快（大法輪閣）：なんとも軽いキャッチコピーだが、中々の名著。密教人、とりわけ山伏は必携。小青年期虚弱だった私は、不動明王にあこがれ、その世界に飛び込み今に至る。お不動様のご加護なければ、現在の私はないに違いない。仏教の中の大乗、その中の密教、そこにおわす異形の忿怒尊（ふんぬそん）が、初心者にもよく理解できる。

『不動心のコツ』植西聡（自由国民社）：原始仏典由来、顕教的、禅的。私憤の戒め。共同体の憤慨の共感共鳴は除外されると判断する。読後、教示に従って修行中。

『フリーメイソン』日本博識研究所（日東書院）：秘密組織の暴露本？　だから仕方ないが、著者名が怪しすぎる！　参考書。

『文鳥・夢十夜・他』夏目漱石（新潮文庫）：小品全七編。著者の印象とかけ離れた不気味さが感じられる。不健全な精神が、迂闊に吐露されたのかもしれない。そこが小品の醍醐味である。泉鏡花ほど露骨ではないが、日本の自然と神霊が融和して顔を覗かせるところは、似ていないでもない。『こころ』がそうであるが、筆者の住居は、東京という名の江戸である。江戸情緒をこよなく愛したに相違ない。

『風姿花伝』世阿弥（致知出版社）：芸術論に留まらず、人生、年齢相応の考え方および生き方、初代と二代目の関係など、勉強になりすぎ。

『豊饒の海・第一・二・三・四巻』三島由紀夫（新潮社）：本編参照。著者は狂気が売りだから仕方ないが、読後疲労感夥しい作家ではある。その点ではロシア文学より酷い。そしてそれが読者の麻薬になるから実に質が悪い。文学とは『ド・エム病の感染』が究極かもしれない。そういえば夢野久作の『ドグラマグラ』もそうだった。

『法隆寺の正体』林順治（彩流社）：聖徳太子のキリスト模倣の虚構性。畿内での真摯な取材とアプローチは見事。歴史革命の裏付けだ。

『松本清張の日本史探訪』松本清張（角川文庫）：不自然な史実を、ＴＰＯ俯瞰し総括するのはさすが。

『マンダラのすべて』西上青曜（ＰＨＰ）：参考書。

『マンダラの読み方』寺林峻（日本実業出版社）：胎蔵界曼荼羅への完璧なアプローチ。

『みずうみ』シュトルム（新潮社）：老境に至った者の青春邂逅は普遍的な命題だ。風景描写、光の３Ｄ表現はドイツ文学の先輩ゲーテを凌ぐと思われる。

『密教呪術と権力者』武光誠（文藝春秋）：密教からの歴史観。

『密教入門』桐山靖雄（角川選書）：桐山密教ロマン。

『密教大楽に生きるワザ』大下大圓（日本評論社）：森羅万象に関し、量子力学等の現代物理学に触れ、「臨床宗教」という話題で結ぶユニークな名著。臨床医でありながら、在家の密教行者を貫いた私には、シンクロニシティーを禁じ得ない。同郷の岐阜県のご住職でもある。

『密教の可能性』正木晃（大法輪閣）：重厚なルポルタージュに基づいた重厚な題材を軽妙な筆致で解き明かす。密教の特殊性と、チャイナの危険性が生々しい。

『密教瞑想と深層心理』山崎泰廣（創元社）：宗教側から心理の科学的解析を試みた金字塔。

『訳中即身成仏義』松長有慶（春秋社）：空海の古典。森羅万象を六大（地、水、火、風、空、識）に分類し、瞑想する。私は心でもある。あらゆる場所において自由自在で、命の有無に拘わらず、あらゆるものや場所に行き渡って存在している。その象徴であるア字は最初の根源的な命で、ヴァ字は水、ラ字は火、フーム字は風という名をそれぞれに持ち、カー字は虚空と同じである。この経文最初の句の心とは識乃至智即ち宇宙万物の精神的側面を言い、他の五大は物質的側面を意味する。更に、六大の活動が何物にも妨げられず自由であるという特質を表わす。これぞアセンション、正に空海の凄み！　である。空海の原漢文を読めるのも嬉しい。

『夜明け前』島崎藤村（新潮文庫）：私のルーツ美濃から木曽を舞台にした幕末歴史小説。夜明けとは日の出ではなく、明治維新のこと。つまり著者にとって暗黒の江戸時代を扱う。その膨大な資料のダイジェストはさすがに文豪である。木曽は急峻で開国、開港による絹糸の生産までは苛烈なまでに貧しい。容赦なく搾取するファシズム体制は、貧しい過疎の集落により深刻な漆黒をもたらそう。著者自身が、本居宣長、賀茂真淵、水戸光圀、平田篤胤・鉄胤等による国学、古神道、水戸学、を賛美している。『旅愁』の主人公もそうであった。皇室アレルギーの私には、神話と歴史を混同する濃厚な天皇崇拝が、耐え難い長編であった。また作者の父親に対する心境に、小生との共通点を感じたのは、息子から見る頑固で厳格な日本の古い父親像であろう。

『リーダーになるために』デール・カーネギー（創元社）：読後、社長になったようなエグゼクティブ気分に浸れる。

『旅愁上・下』横光利一（講談社文芸文庫）：「近代日本人の生き方を根源から問い直す恋愛思想小説」（カバーのコピー）小生入院中に教材として遭遇し、退院後数か月で数回読み返した。幽玄な風景描写にうっとりと夢見心地でいると、宗教、哲学、文化、科学のるつぼに突然はめられる。この深みと仕掛けは、日本のドストエフスキーと称したい。

推薦医学書および医療関連書、特に臨床実践書（本文の参考書ではないが、医学生ないし若きコンビニドクターの自習用にと、企業秘密を敢えて記した）

『ＩＣＵメモ』国立循環器病センター（中外医学社）：麻酔科医必携の名著、残念ながら廃版になったみたい。いかに麻酔科医になり手がないかの反映かな？　トホホ……。

『ＧＲＡＮＴ'ｓ　ＡＴＬＡＳ　ＯＦ　ＡＮＡＴＯＭＹ』：３Ｄイメージしやすい画像とシ

ンプルな英語で即戦力。診察室に一冊。

『あきらめなければ、痛みも、麻痺も、必ず治る！』山元敏勝著（ソレイユ出版）：新しい頭鍼治療。今まで手も足も出なかった神経の難病には、奇跡の福音となるかもしれない。

『新しい「足」のトリセツ』下北沢病院医師団（日経BP社）：現在整形外科学は部位別に特化が進んでいるが、その中で足を担当する医師は希少である。したがって、足の専門書も少ない。診察室に常備し、紐解きたい。

『あなたが心電図を読めない本当の理由』村川裕二（文光堂）全三冊：このキャッチコピーにやられてしまう。内容は、「目から鱗」です。コンビニ医も一読の価値あり。

『医師のための英会話フレーズ』植村研一（メジカルビュー社）：自分が使えそうな分を抜粋して丸暗記。英語でジョークを交えたインフォームドコンセント位できなければ日本の恥？　もちろん基礎に高校英文法の基本例文暗記がなければこれだけでは不充分ですよ。

『痛み診療のコツと落とし穴』宮崎東洋（中山書店）：慣れない診療時のチェックに役立ちそう。やけどは未然に防ぐ！

『いますぐ使える！　外来診療』白石吉彦他（中山書店）：離島隠岐のコンビニだからド田舎どころじゃない。使えるツールは頂くべし。

『インナーパワー』湯本優（サンマーク出版）：縁の下の力持ち、インナーマッスルのありがたさとケア。

『運動のトリセツ』廣戸聡一（日経ＢＰ）：個別の体軸を探し運動軸をイメージさせる新しい運動理論。アスリート医療、リハビリ、介護にこれからは必須になるだろう。

『エピソードを見逃すな！』内山富士雄（プリメド社）：コンビニドクターにはありがたいテキスト一冊。

『カラーイラストでみる外科手術の基本』下間正隆（照林社）：徒弟制密教の外科口伝を暴露公開する本のひとつ。小生、もし学生時代に入手していれば、もっと外科に接近していたかも。おっと、「たられば」はないよね。イラストが美しい名著。

『カラー写真でみる！骨折・脱臼・捻挫』内田淳正他（羊土社）：コンビニは、何でもウェルカム。凶暴な精神科患者からプレショックまで来る、危険な職場、プチＥＲである。診察室に持っておきたい一冊。

『奇跡の復活』堀尾憲市（中部日本教育文化会）：建築家の患者が見た現在のリハビリの矛盾。医療人は、人間工学再考の必要ありと説く辛辣な問題提起。

『胸部Ｘ線写真の読み方』大場覚（中外医学社）：診察室必携。調べ物で少し目を通すだけで、わくわくする。テキストがこのレベルなら、医師のレベルは上がるよね。名著。

『胸部X線診断に自信がつく本』郡義明（カイ書林）：コンビニドクター、必修、必携。名著。

『局所麻酔法・ブロック療法ＡＢＣ』龍順之助（メジカルビュー社）：マイナーな神経ブロックに役立つ。局所解剖のイラストは秀逸。疾患部位の解剖アトラスとしても理解の一助となる。

『禁じられた治療法』藤井翔悟著（ギャラクシー・ブックス）：これからのテキストの一冊。

『グラム染色からの感染症診断』田里大輔（羊土社）：一度学生時代に戻って、白癬同様、検査は技師に任せても、抗菌薬を処方する前に、病原菌のまさに顔色を窺うべし。診察室必携。

『外科治療裏マニュアル』夏井睦（三輪書店）：徒弟制度の口伝をばらすから「裏」、さすが業界の革命児夏井ハン！　これを習得しないわけはない。必修。

『外科手術に上手くなる法　トップナイフたちの鍛錬法』仲田和正（シービーアール）：タイトルだけで読みたくなる本ではないか？　それにしても菊池先生の「得意分野がフェイルドバック」というのは凄い。汚い表現をすれば、ヤブ医の尻拭いである。

『月刊日経メディカル』：日本語のジャーナルで一押し。クイズだけでも自分のピットフォールを発見し、補修できる。小生は受験生のように科別にノートにまとめた。総合診療科を標榜するなら、最小限の努力だ。『朝日メディカル』も良い。

『ケトン体が人類を救う』宗田哲男著（光文社）：進化した二番煎じ。私、産婦人科医の味方です。

『健康への鍵をみつけた』J．ダイアモンド（風媒社）：医学にしては神秘的なキネシオロジーの入門書。生命は、事物の個体への利害を潜在的に認知しており、個体自身の筋力を利用して情報を顕在化するという話。実用化されつつあり、一読に値する。

『抗菌薬マスター講座』岩田健太郎（南江堂）：抗菌薬はできるだけ使うな。もし使うなら古典的な廉価版を。という「反大企業死の商法！」に確か朝日メディカル連載で触れ、目からうろこだったが、ありがたいことに成書となった。臨床医必修である。

『股関節痛自分で治す最強事典』：寸評は『ひざ』と同じ。

『骨・関節X線写真の撮り方と見かた』堀尾重治（医学書院）放射線科に留まらず、整形のサブテキストでもある。必携。

『3分間神経診察法』中嶋秀人（総合医学社）：必修、必携。

『3秒で心電図を読む本』山下武志（メディカルサイエンス社）：タイトルはインパクトが

ある方が良い。三秒では読まない方が良いと思うが、どこから料理するか？　は、何事にも重要。一度は読んだ方が良いだろう。著者は「危険な心電図を直感的に速やかに拾い上げて介入しなさい」と言いたいのだ。

『姿勢と動きの何故がわかる本』土屋真人（秀和システム）：人体の動作の基本がわかる。

『循環器診療をスッキリまとめました』村川裕二（南江堂）：サブタイトルが『むかしの頭で診ていませんか？』著者のキャッチコピーは購入意欲をそそる。これ循環器の力が付くと思います。はい。

『神経内科ケーススタディー病変部位決定の仕方』黒田康夫（新興医学出版社）：頑張って習得すれば、難解なジャンルの実力が付く。名著。

『腎臓病診療に自信がつく本』小松康宏（カイ書林）：例のキャッチコピーの自信がつく本シリーズ。日の当たりにくい腎臓だが、個体の寿命は、腎機能が決める。ちゅう感じがしないでもない。

『正しい後屈入門』今村泰丈（日貿出版社）：人体工学の基本、大黒柱脊柱のコンディショニング。全臨床医療人必修と思われる課題である。ピラティスとも考えられるのでは。

『「超」入門！　神経解剖』ゴールドバーグ（総合医学社）：いやなジャンルを極コンパク

トにしてくれて、ありがたい。洒落たイラストも良し。ポーチに忍ばせるだけでおしゃれ？旅の友に最適？

『小外科、完全攻略』許勝栄（日本医事新報社）：コンビニクリニック必修、必携。

『小児の整形外科診療エッセンス』久保俊一（診断と治療社）：「小児は小さな大人でない」は、整形外科にも当てはまる。少年スポーツには必携。骨端軟骨と月経の状態は忘れずに考慮したい。長い将来展望も誠実に！

『少年スポーツダメな指導者バカな親』永井洋一（合同出版）：痛快！　スポーツドクターも指導者に含まれよう。

『図解心電図テキスト』Ｄａｌｅ　Ｄｕｂｉｎ（文光堂）：学生時代は、面白いサブテキストだったが、村川裕二氏が訳してグレードアップした。さすが。巻末のまとめだけでもマスターすれば、何とかなりそう。

『スキル外科手術アトラス』市田正成（文光堂）：形成外科の基礎。著者は大学の恩師に当たる。コンビニドクター外科スキルとして必修、必携。

『図説痛みの治療入門』山室誠（中外医学社）：ペインクリニックの教科書。若杉文吉、兵頭正義が初代とすれば、第二世代と言えよう。プロならテキストは自作しかないが。

『スポーツ医学常識のうそ』横江清司（全日本病院出版会）：常識の嘘を暴くのが私のライフワークだと思っているが、この程度のことは必修だ。

『スポーツ外傷・障害Q＆A』小出清一（南江堂）：スポーツ医療入門書として必修。診察室に一冊。「怪我したら、医者より先にアイシング」との格言である。

『整形外科医のための神経学図説』津山直一（南江堂）：分からない、治らない神経内科にはかかわりを持たずに一生を終えたいと思うものも少なくないだろう。しかし運動器の臨床を生業としてしまうとそう安穏とは暮らせない。そこで素人のための本が欲しい。まずこれかな？

『整形外科カンファレンス必携』小林昭（協和企画）：カンファランスのない職場でも、まさに必携。

『整形外科ペインクリニック』恩地裕（金原出版）：整形外科医のための保存療法の教科書だろうが、逆に麻酔科医に手薄な整形外科入門書として丹念に学んだ。思いがけず後のAKA黎明期（博多法）のノウハウが含まれていて、小生現在の大きな引き出しになったのは、幸運だった。

『整形外科リハビリテーション』神野哲也（羊土社）：実用的教科書。院内に一冊。

『世界一伸びるストレッチ』中野ジェームズ修一（サンマーク出版）：これもすごいキャッチだが、度を越せば関節技の如しである。しかし内容は実用的。診察室に常備したい。

『仙腸関節の痛み』村上栄一（南江堂）：腰下肢痛診療医必修。腰椎由来は少ない！

『「体芯力」体操』鈴木亮司（青春出版社）：体幹トレーニングの指導法はアスリート医療、回復期リハビリ共に必須である。これも筋群の機能解剖学が基礎になる。

『炭水化物が人類を滅ぼす』夏井睦（光文社新書）：外科に革命を起こした夏井先生が、栄養学にも革命を起こした。食の悪玉を脂質から炭水化物に変えた！

『超音波でわかる運動器疾患』皆川洋至（メジカルビュー社）：骨の損傷を診る整形から神経筋の機能を診る整形ニュー・ウエイブへ、その象徴が超音波検査だ。

『手・足・腰診療スキルアップ』仲田和正（シービーアール）：整形外科入門書、他科臨床医必携、アスリート医は特に必修。救急のＡＢＣも搭載！　それにしても空手家でもある著者の読書量には感服する。押忍！

『止まらないせきの診かた』田中裕士（南江堂）：微生物の関与しない咽喉頭炎、気管炎が多い、アレルギー起点の思考の勧め。松の枯死問題のマックイムシと大気汚染に似ている。

『軟部組織の痛みと機能障害』ＲＥＮＥ・ＣＡＩＬＬＩＥＴ（医歯薬出版株式会社）：運動

器の機能解剖と臨床症状をこの時代に結び付けていた人がいたということ。

『人間の痛み』山田宗睦他（風人社）：ペインクリニックの概説とともに掲載されるは、なんとも痛切な社会問題。是非一読を。

『腰痛をめぐる常識の嘘』菊地臣一（金原出版）

『姿勢と動きの「なぜ」がわかる』本土真人（秀和システム）：トラブルをピンのパーツで捉えずにその動きのユニットで捉える。これが、アスリートコンディショニングおよびリハビリテーションには重要である。解剖学と臨床の間にあるべき筋群の工学。

『頭痛・めまい・しびれの臨床』植村研一（医学書院）：神経を扱う臨床医には、必修、必携の名著。

『診療所で診る皮膚疾患』中村健一（日本医事新報社）：アトラスとして診察室に一冊。

『中国医学の話』張明澄（ＰＨＰ研究所）：東洋医学入門書。脈診ができるまでは、虚実よりも熱寒の方が明快である。

『脳から見たリハビリ治療』久保田競他編著（講談社）：ニューロ・リハビリの基本。

『飲んではいけない薬』浜六郎（金曜日）：高校の先輩の著書。基本的に薬は毒という発想が良識。できれば飲みたくない。もっとましなのはないか？　健康保険、技術料に比べて薬価が高すぎるのは類に漏れず政官業の拝金独裁主義の典型だろう。でも年々この手のアンチテーゼが増えていくな。本書もそうだが。

『皮膚のトラブル解決法』中村健一（医学書院）：著者の一般医向けの著書はいずれも実践的で役に立つが、この程度、頭に入れておいて、あと明瞭な皮膚病アトラス一冊持っておけば、コンビニドクターには充分であろう。同著者、上記。

『ＰＣＡ理論　肩編』立花龍司（日刊スポーツ出版社）：同じ部位を診ても、インナーマッスルを意識するかしないかの話。

『ひざ痛自分で治す最強事典』（マキノ出版）：どのジャンルもニュー・ウエーブは押し寄せるが、運動器は特に目まぐるしい。マメにアップデートしないと、医師はテキスト諸共ゴミになる。

『標準整形外科学』中村利孝（医学書院）：医学または医療の世界は徒弟制、いわば密教である。従って肝心なことは成書にしない。したがって原則として、実践的な教科書はない。しかし、この標準シリーズには臨床で使えるものがある。特に整形は診察室必携である。不思議。

『ファンクショナル・エクササイズ』川野哲英（ブックハウス・エイチディ）：筋肉の機能

解剖とコンディショニング。名著。必携。

『ファンクショナル・テーピング』川野哲英（ブックハウス・エイチディ）：靭帯の機能解剖とコンディショニング。必携。

『腹痛診療に自信がつく本』島田長人（カイ書林）：重症度からすると、心肺腎の後陣を配する感のある消化器だが、コンビニの客には多い。引き出しを持っておかないと経営できない。この道の素人にはありがたい「自信がつくシリーズ」の一冊。

『不整脈で困ったら』山下武志（メディカルサイエンス社）：不整脈に特化した循環器のテキスト。常備すれば安心の一冊。

『プライマリ・ケア医のための抗菌薬マスター講座』岩田健太郎（南江堂）：月間朝日メディカル連載のまとめ。目からうろこの啓蒙書。必修、必携。

『プライマリ・ケア救急』日本家庭医療学会（プリメド社）：コンビニ初診はほとんど一見客、つまり救急の可能性が高い。コンビニの教科書として、診察室必携。

『ペインクリニック実践ハンドブック』花岡一雄（南江堂）：ペインの治療学のテキスト数あれども、必要十分シンプルな一冊。基礎さえ出来ておれば、診察室に忍ばせて、カンニングに最適では？

『ペインクリニック診断・治療ガイド』大瀬戸清茂（日本医事新報社）：小生は現在これをペインのテキストにしている。診断の幅が広がり他科にまで及んでいるが、臨床でのさらなる進歩を望みたい。

『ベッドサイドの神経の診かた』田崎義昭（南山堂）：母校北里に、名物教師数あれども、難解至極の神経内科、「世界の田崎」その人である。直接厳格なご教鞭を頂戴できたのは、現在、財産である。

『母原病』久徳重盛（サンマーク文庫）：私が高校生の折、産婦人科医であった父が、私の気管支喘息と性格の未熟は、母原病であると言い出した。母親の過保護と過干渉が病因という考えである。亭主関白の時代は移ろって、ジェンダー平等、イクメンの現在では通用しない疾患概念ではあろうが、父親を疾患概念にも参加させれば教育論に未だ生きるのではないかと思う。

『間違いだらけのリハビリテーション』三好正堂著（幻冬舎）：ＡＤＬ優先説。健側筋トレを重視、全身運動とＡＤＬ向上を図る。起立・着席運動の勧め。運動の基礎にも触れてありそれも役立つ。

『マンガで学ぶ感染症』岩田健太郎（中外医学社）：感染症のピットフォール満載だが、マンガの進化についていけない。

『虫と皮膚炎』夏秋優（秀潤社）：タイトル、著者および出版社だけで十分痒みを催しそうだが、掲載画像に至っては閲覧注意モノである。もはや亜熱帯化した我が国の診療室には必携であろう。昆虫だけでなく、植物編や動物編も待たれる！　恐ろし！

『ユーモア麻酔学』諏訪邦夫他訳（総合医学社）：患者さんの死と隣り合わせの業務だからこそウィットに富んだジョークが必要。小生も師匠から救急蘇生のＡＢＣは、Ｊで終わると教えられた。白人女子の写真がエロ美しい。診察室に忍ばせておきたい一冊。

『輸液を学ぶ人のために』和田孝雄（医学書院）：ＥＲ一年生の時、同期が田舎の本屋で発掘。体内の水、電解質の動きが見えやすい。現在でも改訂版が名著らしい。

『和漢診療学』寺澤捷年（医学書院）：私は、約二十年間、日本東洋医学会認定専門医だったが、これはコンパクトながら実践診断学から治療までぎっしりの名著。これをマスターすれば、漢方医として胸を張れると思う。

プチ音楽評論―愛聴盤ＬＰ、ＣＤ、ＤＶＤ

ＤＥＥＰ　ＰＵＲＰＬＥ　〝ＩＮ　ＲＯＣＫ〟

ハードロックの名盤中の名盤。上海舌技団、マチガイ！　雑技団よろしく、超人たちの曲芸の中にも叙情満点！　アルバム構成もグー！　『黒夜』で車座宴会手拍子すんべ！

ＬＥＤ　ＺＥＰＰＥＬＩＮ　〝１ST〟

ロックモンスター、プラントとペイジに最もパワーがある時期。それは破壊的ですらあります。つまり二人は以後徐々にテーパリングしていくということです。ボンゾーは死ぬまでパワフル！　リズムセクション、まるでビリー・コブハムにチャック・レイニー、とっても黒いワー。

ＣＲＥＡＭ　〝ＷＨＥＥＬＳ　ＯＦ　ＦＩＲＥ〟

〝ＣＲＯＳＳ　ＲＯＡＤ〟と〝ＳＰＯＯＮＦＵＬ〟の演奏はこれぞ「フィルモアの奇跡」。

クラプトン自ら「俺たちがヘビメタの元祖。次がZEP」と言い放つほど激しく喧しい！
たった三人のPolyrhythmが幾重にも織り成される。阿波踊りが言うところの『騒（ぞめ）き』ですな。

JOHN　MAYALL　BLUES　BREAKERS
PETER　GREEN⬇ERIC　CLAPTON⬇MICK　TAYLOR
これ決してYARDBIRDSではないぞよ。このブリティッシュブルースバンドこそ、
当時日本のロッカーの定番ブルーステキストだった。ところでMICK　TAYLOR、
実は三連符芸風がなんとBLACKMOREにクリソツ！　どっちがどっちかは知らん。

CCR　〝GREEN　RIVER〟
これぞMr．AMERICAN　ROCK！

CACTUS　〝OT´N´SWEATY〟
ワーナー・フリッチングスという凄い名前のギタリストがほぼメジャースケールだけで

超絶凄腕！　前任のジム・マッカーティーよりさらに研ぎ澄まされている。しかもワーナーと、このハードヴォーカリストはこれ一発屋だったのだ！　あの人は今？

ＦＲＥＥ　〝ＬＩＶＥ〟
十代で既に超一流として完成している彼らとはいったい何ダベサ？　歌なんか黒人より上手いんと違うん？

ＦＡＣＥＳ
カッコよすぎるニワトリ集団。重厚かつ軽妙なＰｏｌｙｒｈｙｔｈｍ！

ＪＥＦＦ　ＢＥＣＫ　ＧＲＯＵＰ
クロスオーヴァーの走りやねえ。この渋さはＨＵＭＭＩＮＧ　ＢＩＲＤへと引き継がれ消滅する。ＶＯＣＡＬ外したＩＮＳＴＲＵＭＥＮＴＡＬでＢＥＣＫはその延長で成功するんだよねえ。寂しい！

ALMAN BROTHERS BAND 〝BROTHERS AND SISTERS〟

ディッキー・ベッツが二代目リードギター襲名して、ガラッと明るくなりました。跳べるぞ！　チャック・リーベルのアコースティック・ピアノも最高！

SANTANA 〝3RD〟

イントロからのメドレー数曲はブッ跳び！

このアルバムは、あまり弾かせてもらえないニール・ショーン少年の独り舞台？　それにしても年下の天才の横でヘタクソ平気で弾きまくるサンタナ師匠の根性たるや凄まじい。師匠はこのときのトラウマから以後神頼みに走るのかも？　ただし師匠のヴォーカルは意外といける。勿論グレッグ・ローリーの歌はセクシー！

にもかかわらず、ニールとグレッグのジャーニーは見事に期待はずれでした。ということはやはり、サンタナはサンタナなのですねえ。

GRAND FUNK RAILROAD 〝LIVE ALBUM〟

このバンド、当初より格に入ってないような全く不思議な音。さては、NATIVE A

ＭＥＲＩＣＡＮ　ＢＡＮＤか？　そうでなけりゃ全盛期ＺＥＰの前座でトリを食えないよね。その異様な魅力は、トッド・ラングレンに骨抜きにされるまで続くのでした。
それにしてもＬＩＶＥの洞窟のような音響と、ハードロックの猟奇的旋律がアメリカン・ホラー映画『悪魔のいけにえ』を連想させる重苦しい快感！　これに当時フォーク少年だった小生は、コロリとやられ、生涯ハードロッカーとなるわけで。「熱狂と陶酔の８０分」は聴くだけで体力要ります。これを演奏しているやつの体力っていったいなんやねん？

ＭＯＮＴＲＯＳＥ　〝1ST〟

これがヴァン・ヘイレンのルーツです。もうメタルまで行ってしまってます！　でもヨーロッパ・メタルに比べるとやはり明るい。ウエストコーストのオレンジの味？　ですね。さぞかしカリフォルニアのオネイチャンにもてたことでしょう。
小生には、このヴォーカル、パワーが凄過ぎてカバーできませんでした。全然歯が立たず。サミー・ヘイゲン師匠、恐れ入りました！　でもお互い老境に入り分かり合えるようになりました。

FLOWER TRAVELLING BAND〝MADE IN JAPAN〟

元祖日本製へビメタバンド。怪人内田裕也が、グループサウンズの残骸を拾い集めて造った金属怪物……まさにフランケンシュタインを地でいってますよね。若きギタリスト諸君には、とりわけ〝UNAWARE〟での、石間秀樹さんのギターのノリと鳴きを堪能してほしいな。もちろん故ジョー山中はゴジラ同様国際的モンスターでした。

このバンド還暦過ぎて再編されましたが、昔より随分上手くなってたよな。特に和田ジョージさんのドラム異様に上達！　うーん、やはり怪物集団。最期の一花観れて良かった！

筆者プロフィール

本　籍　名古屋市
1956年　徳島市生まれ。
1983年　北里大学医学部医学科卒業
医師国家試験合格
徳島大学医学部麻酔学教室入局
徳島大学病院手術部および救急部勤務
専攻：産科麻酔およびペインクリニック
麻酔科標榜医、東洋医学専門医
1999年　北海道の地域医療に従事、道東の数医療機関に勤務
2002年　医療法人杏林会渡辺医院院長として、ペインクリニック、東洋医学を中心に、肉体労働者およびアスリートのコンディショニングに従事

第二外国語：スペイン語
趣味：シンガーソングライター、阿波踊り（男踊り、大太鼓）、修験道行者、哲学および武道研究、生物学、天文学、物理学、数学

宇宙の設計図　自分のトリセツ

二〇二三年七月二十三日　初版第一刷発行

著　者　渡辺龍祭
発行者　谷村勇輔
発行所　ブイツーソリューション
〒四六六・〇八四八
名古屋市昭和区長戸町四・四〇
電　話　〇五二・七九九・七三九一
ＦＡＸ　〇五二・七九九・七九八四
発売元　星雲社（共同出版社・流通責任出版社）
〒一一二・〇〇〇五
東京都文京区水道一・三・三〇
電　話　〇三・三八六八・三二七五
ＦＡＸ　〇三・三八六八・六五八八
印刷所　藤原印刷

万一、落丁乱丁のある場合は送料当社負担でお取替えいたします。ブイツーソリューション宛にお送りください。

ISBN978-4-434-32425-3